LE CYCLE DU SOLEIL NOIR
LA RELIQUE DU CHAOS

Written by
Éric Giacometti
Jacques Ravenne

亡国の鉤十字（ハーケンクロイツ）
上

エリック・ジャコメッティ＆
ジャック・ラヴェンヌ
大林薫［監訳］
郷奈緒子［翻訳］

竹書房文庫

LE CYCLE DU SOLEIL NOIR Volume 3) La relique du chaos
by Éric Giacometti and Jacques Ravenne

Japanese translation rights arranged with Editions Jean-Claude Lattès, Paris
through Tuttle-Mori Agency, Inc., Tokyo

亡国の鉤十字（ハーケンクロイツ）　上

《万物に生成と破壊の気なるものが宿る。森羅万象を動かす陽と陰、正と負の力。それこそが四つの遺物を成せしもの。その前ではキリストさえ顔を覆うほど絶大で超越的な力である》

――『トゥーレ・ボレアリスの書』

これまでのあらすじ

一九三八年　ベルリン

ナチス親衛隊の上級大佐カール・ヴァイストルトはユダヤ人書店主を殺害し、稀覯本の『トゥーレ・ボレアリスの書』を手に入れる。その古文書には、鉤十字を象った四つの神聖なる遺物の伝説が記されていた。それらのレリックは歴史の流れをも変える力を持つという。

一九三九年　ラサ

考古学やオカルトなどを研究するナチスの学術機関〈アーネンエルベ〉がチベットに調査隊を派遣した。調査隊はラサ南東の秘境で一つ目のスワスティカを発見。スワスティカは親衛隊の本拠地ヴェヴェルスブルク城に送られ、間もなくドイツが第二次世界大戦の口火を切る。

一九四一年　モンセギュール

バルセロナで収監されていたフランス人美術商のトリスタン・マルカスは、ヴァイストルトの口利きで処刑を免れ、異端カタリ派の地、南仏モンセギュールにある城に隠された二つ目のスワスティカの探索に手を貸す。時を同じくしてロンドンでは、チャーチル首相の許可を得て、特殊作戦執行部ＳＯＥのマローリー司令官がスワスティカを回収するべく特殊部隊を率いてモンセギュールに乗りこもうとしていた。マローリーはベルリンで殺害されたユダヤ人書店主の友人でもある。一方、トリスタンは城の所有者の娘ロール・デスティヤックの憎しみを買いつつも、アーネンエルベの考古学者エリカ・フォン・エスリンクの助けを借りて二つ目のスワスティカを発見する。しかし、秘かにそれをマローリーの手に渡るように計らい、ナチス側には偽物を掴ませた。実は、トリスタンはマローリーが送り込んだＳＯＥの工作員だったのだ。ヴァイストルトはスワスティカ争奪戦の際に重傷を負い、昏睡状態に陥る。

一九四一年六月　ベルリン

ロール・デスティヤックはロンドンに渡り、ＳＯＥの工作員となった。潜入中のトリスタンはモンセギュールでの功績が認められ、親衛隊長官のヒムラーから鉄十字勲章を授与される。モンセギュールで発見された本物のレリックはアメリカ国内の安全な場所へと輸送され、一方、偽物は一つ目と同じくヴェヴェルスブルク城に安置される。勢いに乗るヒトラーは満を持してソ連へ侵攻するが、これが戦争の大きな転機となる。ソ連がドイツと戦争状態になり、これでドイツに対抗する国はイギリス一国ではなくなった。

一九四一年十月　クレタ島

三つ目のスワスティカを求め、トリスタンとエリカは『トゥーレ・ボレアリスの書』が示す手がかりをもとにクレタ島でおこなわれていた遺跡発掘調査に加わる。そこで見つけた糸口を手繰るうち、二人はオーストリアのとある修道院に行き着く。訪れた修道院で、トリスタンは、探しているスワスティカが実は若き日のヒトラーに授けられていたものであり、今もなおヒトラーがそれを肌身離さず身につけているという情報を秘かに摑む。

一九四一年十二月　ヴェネツィア

ヴェネツィアでヒトラーとムッソリーニの首脳会談が開かれる。一方、イギリスの諜報機関はイアン・フレミング中佐をリーダーとする新たな特殊部隊を送りこむ。その目的は、スワスティカを回収することと二人の独裁者を暗殺することだった。だが、暗殺計画は失敗に終わり、トリスタンはヒトラーから奪ったスワスティカを潟（ラグーナ）に投げ捨て、再び敵の手に渡らぬよう永久に封印した。エリカはトリスタンの裏切りを知る唯一の人物となるが、頭部に重傷を負い、意識不明に陥る。

一九四一年十二月　パールハーバー

ヒトラーがスワスティカを失ったのと時を同じくして、世界の勢力バランスを大きく狂わせる重大な出来事が起こる。日本が真珠湾に奇襲攻撃をかけ、アメリカに大打撃を与えたのだ。これによりアメリカは日本に宣戦布告。連合国側に加わり、枢軸国陣営と対峙することとなった。

そして、今――

一九四二年七月初旬

一向に出口の見えない戦争。侵略の危機を脱したイギリスがアメリカの参戦に乗じる一方で、ソ連はドイツ国防軍（ヴェアマハト）から猛攻を受け、劣勢に立たされていた。ヨーロッパ大陸は依然としてナチスの支配下にあり、すでにユダヤ人が大量に虐殺され、ドイツによる野蛮なユダヤ人絶滅政策は文明史上類を見ない悪魔の所業と化していた。

いまや二つの陣営の力は拮抗している。一つ目のスワスティカはドイツにあり、二つ目のスワスティカは連合国側にある。三つ目はヴェネツィアの潟（ラグーナ）の底で眠りについた。残る四つ目のスワスティカを手に入れた者が覇権戦争の行方を握り、歴史の流れを変えることになるだろう。
スワスティカをめぐる戦いはいよいよ最終局面を迎える。

1942年6月21日

発信者：ＳＯＥ司令部　Ｅ級職
宛先：ウォールーム　首相執務室
機密レベル：5（最高機密）

旧所在地：
チベット　ヤルルン渓谷：北緯29° 21′ 26.7″／東経90° 58′ 23.3″
フランス　モンセギュール城：北緯42° 52′ 32.1″／東経1° 49′ 57.5″
オーストリア　ハイリゲンクロイツ修道院：北緯48° 03′ 23.2″／東経16° 07′ 50.5″

現所在地：
ドイツ　ヴェヴェルスブルク城：北緯51° 36′ 25.6″／東経8° 39′ 04.9″
アメリカ　マサチューセッツ工科大学：北緯42° 21′ 36.6″／西経71° 05′ 39.1″
イタリア　ヴェネツィア：北緯45° 24′ 17.9″／東経12° 22′ 14.2″

PROLOGUE

一九一八年七月十七日
ロシア
エカテリンブルク
イパチェフ館

穏やかな七月の夜だった。こんな夜はイズバ(注1)を飛び出し、仲間と酒を酌み交わして愉しみたい。ここまで暖かければ、満天の星の下で眠りにつくのもいいだろう。風邪をひくこともあるまい。ウラル山脈のアジア側、ヨーロッパとの境界に近いこの地では、夏は瞬く間に過ぎていき、あとには凍てつく冬が延々と続く。短い季節の中でもこれほど温暖な夜はめずらしく、何年も豊作が続くのと同じくらいにありがたい。

しかし、エカテリンブルクの街角に、この心地よい七月の宵を享受しようとする市民の姿は見当たらない。革命が起こってからというもの、人々は外出を控え、ひたすら冬籠りのような暮らしを続けている。窓を塞いで錠を下ろし、身を縮め、恐怖におののきながら。何より人々が恐れているのは、都市を掌握した共産主義者だ。とりわけこの地方は〈クラースヌィ・ウラル〉――赤いウラルとも呼ばれるほどで、地元の評議会(ソヴィエト)がブルジョワジーや富農(クラーク)のほか、あらゆる反動分子を人民の敵とみなし、殲滅せんと気炎を揚げていた。さらには白軍の存在も脅威だった。白軍は、帝位を追われたツァーリ（皇帝）に忠誠を誓う帝国の軍隊や、各地で隊長（アタマン）が束ねるコサック諸団から成る混成軍で、ことにコサックは残虐で恐れを知らない。今やシベリア平原から凄まじい勢いでエカテリンブルクに接近しつつあり、街の入口に到達するのも時間の問題だ。

赤軍対白軍。ロシアが二頭の猛り狂ったクマにズタズタに引き裂かれようとしている。いずれにしても、血みどろの熾烈な戦闘が繰り広げられ、どちらか一方が生き残ることになるのだろう。

「エフゲニー同志、もしも敵の手に落ちてしまったら、ぼくたちはどうなるのでしょう。命は助けてもらえるでしょうか?」

「コサックは容赦しないぞ。アタマンのクラスノフ率いる白いイヌどもの貧弱な辞書に〝情け〟の文字はないからな。奴らはおまえの体を気の済むまで切り刻む。親でも見分けがつかなくなるほどにだ。しかも、生きたまま切り刻むと聞いている……」

共に任務に当たる若者に問われ、エフゲニー・ベリンは静かに答えた。まだ三十手前という若さながら、そうとは思えぬほど落ち着いた口ぶりだが、薄いブルーの瞳の奥では烈しい憎悪を滾（たぎ）らせていた。一方のアナトリー・カバノフはまだあどけなさの残る少年である。継ぎを当てたオーバーコートもだぶだぶで、およそ体に合っていない。

二人は哨舎（しょうしゃ）の床に腰を下ろすと、マキシム機関銃の弾薬箱に足を乗せ、とっておいた吸い残しの煙草を代わる代わる吸った。機関銃の銃口はイパチェフ館の閉め切った鎧戸に向けられている。街の小高い丘の上にあるヴォズネセンスキー通りに面したこの三階建ての豪奢な館は、ウラル・ソヴィエトの専断によって急拵（ごしら）えの要塞に姿を変えていた。館の周りには木の柵が塀のように巡らされ、その左右を二基の哨舎が固め、窓ガラスもペンキで白く塗り潰してある。館には赤軍の分隊が常駐し、監視の目を光らせていたが、それでもまだ足りていないかのように、前の週にはチェキスト(注2)の一団が合流した。何故そこまでものものしい警備が敷かれているのか、その理由を知らぬ者はない。四月の末よりイパチェフ館に幽閉されている一家の素性は、エカテリンブルク中の人々の知るところとなっているのだ。

「小さい頃、寝る前に母さんがよくこんな話をしてくれました。人が死ぬと、空の上では新しい星が瞬きだすのだと」カバノフがそっと囁く。「銀河は真珠色に光る帯をなしていて、一つ一つの星は人間の魂が天に上がったものなんだそうです……」

「いいおふくろさんなんだろうが、だいぶおめでたい人のようだな」エフゲニーはカバノフの肩を叩いて言った。「おい、トリア(注3)・カバノフ、もうそんな子どもだましのような話を信じている場合じゃないぞ。魂や神や天国なんてのは……農民や労働者に反感を持たせないための作り話さ。楽園があるとしたら、一つしかない。われわれの手で築く地上の楽園だ」

成功すればの話だが……。エフゲニーは口には出さずにそう付け加えた。

十月に革命が起きてからまだ一年足らずだ。ごまんと敵のいる状況下にあって、赤軍側に短期で決着がつくと高を括る者はいない。国土の大部分が依然として白軍の支配下にある。ボリシェヴィキ[(注4)]政府がドイツと講和を結んだことに危機感を覚えたイギリスとフランスが、ひそかに白軍を援助しているのだ。

エフゲニーは汚れた砂利の上で煙草をもみ消すと、手もとの時計に目を落とした。とうとうケリをつける時が来た。この瞬間をどれほど待ちわびたことか。気が遠くなるほど長い時間だった。実に十三年……。

エフゲニー・ベリンは恐るべきチェーカーの幹部の中でも有能と目されている若者だった。早くから自分は革命の体現者だとの自負もあった。純然たるボリシェヴィズムの理想の中で精錬された活動家であり戦闘員だ。そんなエフゲニーだからこそ白羽の矢が立った。レーニン同志から、この夜イパチェフ館の中で起きることを見届けて報告する役目を仰せつかったのだ。シベリア鉄道に揺られ、モスクワから東へ移動することおよそ二千キロ。途中ニジニ・ノヴゴロドからエカテリンブルクにかけての区間では、列車は幾度となく停車した。それも一度停止すると発車するまでさんざん待たされる。おかげで不快な長旅を強いられることになった。

館の玄関の扉がゆっくりと開いた。隙間から光が漏れてくる。中から現れたのは同志のパヴェル・ダモフだ。ダモフが手で合図を寄こす。エフゲニーはこの男を軽蔑していた。けだものみたいな野郎だ。そのくせ、相当な切れ者でやがる。首尾よく革命という名の列車に乗りこんで、しかも、まんまとチェーカーという一等車の切符をせしめたのだ。ヴォルガ河畔のコストロマで修道院を制圧した際には、〈鉛の洗礼者〉の異名までとっている。斧で斬殺する前に、洗礼と称して修道僧たちに溶けた鉛を飲ませたことにちなんでのことだ。その場の思いつきだったらしいが、この実績を買われ、半年後には反革命勢力の重要人物の処刑を担っていた。陰では「骨の髄まで腐りきった奴」とも囁かれているが、表立って非難する者はいなかった。

エフゲニーは指笛を吹いて、通りに駐車しているトラックの運転手に合図した。古いZISエンジンが三回ばかり咳きこんでから、唸りを上げる。

「同志、何かわけでもあるのでしょうか?」カバノフが訊く。「これで三晩連続です。ポンコツ車にエンジンをかけさせ、アイドリング状態のまま十五分もほったらかしておくのは。騒音が通りの向こうまで聞こえ、昨日、とうとう住民たちが苦情を訴えてきました」

「その苦情を聞くのが楽しくてね……。おまえはここで番をしていろ」

「ぼくもお供してはいけませんか?」

エフゲニーは少年のことをしげしげと眺めた。いくつくらいだろう? 十六、七といったところか？　おそらく義務教育すら終えていないのではないか。最近の報告によれば、赤軍の死傷者は膨大な数に上っている。まだ若いカバノフを、これから起こることにあえて立ち会わせる必要はない。

「だめだ、トリア……おまえはここで星でも見ていろ……」

エフゲニーは哨舎を離れ、開け放たれた大きな玄関扉の前へと駆けつけた。温葡萄酒（グリントヴェイン）と汗の入り交じった臭いが鼻をつく。すでに十余名からなる処刑隊が〈鉛の洗礼者〉の周りに集まっていた。隊長は六連発の自動拳銃ボロ・モーゼル、隊員たちは回転式拳銃（リボルバー）のナガンＭ１８９５を装備している。半数以上がラトビア人やハンガリー人などの異民族だが、みなボリシェヴィキの思想を分かつ同志である。彼らの指揮を執るのはウラル・ソヴィエトから送りこまれたヤコフ・ユロフスキーだ。

ユロフスキーがエフゲニーの肩を叩いた。

「時間どおりだな、同志。全員二階の一室に集めておいた」

「連中には、世界中に一家が存命であることを示すために、地下室で家族写真を撮ると告げてある」〈鉛の洗礼者〉がにやにやしながら言う。

それを受け、ラトビア人の隊員が怪訝そうに片手を挙げた。

「しかし……子どもに問題が……病気で歩けないのでは……」

「父親が喜んで抱いていくだろうよ」〈鉛の洗礼者〉が鼻で笑う。「つまらぬことで、いちいちわたしを煩わせないでくれ」

〈鉛の洗礼者〉とユロフスキーに続き、エフゲニーも地下室に向かった。ブーツの足音を響かせながら、石段を一段一段下りていく。全部で二十三段。よし、事前に調べておいたとおりだ。この日が来るのを幾度となく思い描いてきたのだ。決して手を抜くわけにはいかない。

〈鉛の洗礼者〉を先頭に、隊員たちは地下室に足を踏み入れた。自分の指示が行き届いているのを確認し、〈鉛の洗礼者〉が満足そうな表情を浮かべる。奥の壁は木製の板で一面覆われていた。室内は広々としており、地区委員会を開催することもできそうなくらいだ。天井からはおよそ地下室には似つかわしくないタッセルシャンデリアが、ウラル山脈の峰のように冷たい光を放っている。

「地下室にまでブルジョワジーの傲慢さが顕れている」〈鉛の洗礼者〉が忌々しげに吐き捨てる。

エフゲニーは部屋全体を見渡せるように階段脇に引っこんだ。地下室の中央にはソヴィエトの代表者が立っている。代表者は上着から皺くちゃになった紙を取り出すと、低い声で読み上げた。簡潔な文章で書かれたそれは、この特別な夜に自分たちがこの場にいることの正当性を示すものだ。しかし、その公式文書にはあるべき責任者の署名がない。

やがて階段に革靴や木靴の足音が入り乱れて響き渡った。エフゲニーは端に身を寄せた。

先に下りてきたのは使用人たちだった。従僕、メイド、料理人、そして、医師。みな怯えたような視線を周囲に走らせている。一人足りないのでは？　エフゲニーはふとそんな気がしたが、確信が持てなかった。いずれにせよ、物の数ではない。どうせおまけみたいなものだから。

使用人たちは部屋の奥に押しこまれた。

「壁の前に並べ。写真を撮るときは、下僕はご主人さまの後ろだろうが」

続いて、今度は静かな足音が聞こえてきた。ひそひそと囁く声もする。青白い光の中に姿を見せたのは五人の女たちだ。髪は解かれたままで、厚手の灰色のドレスをまとっている。顔は生気がなく、夢遊病者のような足どりだ。年かさの女は母親で、前に進むのもやっとである。そのあとにびくびくしながら四人の娘たちが続く。透き通った鎖で繋がれた亡霊が列をなしているかに見える。さらにその後ろから一人の男が現れた。腕に抱いた子どもに優しい眼差しを向けている。力なく垂れ下がった口髭に、ぼさぼさの顎鬚（あごひげ）、こけた頬。ゆったりしたシャツをまとっているせいで、瘦軀（そうく）が際立つ。

「妻と息子に椅子を用意してもらえませんか？」

男がためらいがちに頼むと、〈鉛の洗礼者〉は男の胸ぐらを摑んだ。

「ほう、いまだにご主人さまのつもりかね、コーリヤ（注5）さんよ」

すかさずユロフスキーが止めに入った。

「同志、その手を放したまえ。われわれは人でなしではない……」

ユロフスキーが合図すると、ラトビア人の隊員が古い椅子を二脚持ってきて並べた。母親が黙ってぐらつく椅子に腰を下ろす。父親はもう一方の椅子に息子を座らせながら小声で言った。

「しゃんとしなさい、アリオチャ。写真を撮ってもらうからね。胸を張って……」

それから、娘たちのほうを向いて声をかけた。

「おまえたちも、誇りを失わずに堂々と振る舞いなさい」

準備が整い、一家と使用人はおとなしく並んで、写真師の到着を待った。

地下室に深い静寂が訪れた。

階段脇に身を潜めて目の前の光景をつぶさに観察するうちに、エフゲニーの心にある変化が現れた。おかしい。どうしたことだろう。そんな感情はとうにどこかに置いてきたはずなのに。いつの間にか、そこにいる囚人たちに憐れみを覚えるようになっている。あの人たちは自分と変わらない。血と肉でできた人間なのだ。

妹娘の一人が必死に嗚咽をこらえようとし、それを姉娘が支える。母親のほうは、自分たちの身に何が起きようとしているのか気づいていないようだ。この一家全員の名前をエフゲニーは知っていた。四人の娘はそれぞれ、オリガ、タチアナ、マリア、アナスタシアだ。母親はアレクサンドラ。そして、血友病の末息子、アレクセイ。

だんだんと決意が揺らいでくる。だめだ。何を今さら……。この時をあれほど待ち望んでいたではないか。エフゲニーはズボンのポケットに手を入れ、細い銀のネックレスを握り締めた。片時も離さず持っている妹の形見だ。

エフゲニーは自分を奮い立たせた。目の前にいるのはただの家族ではない。曰くつきの一家である。あの五人の女と少年と男。彼らはロマノフ家の人間だ。三世紀にわたって専制君主体制を敷き、絶対権力を振りかざしてきた王朝の血を引く皇族たち。居並ぶチェキストの前で威厳を保とうとしている痩せさらばえた家長こそ、元ロシア帝国皇帝(ツァーリ)、ニコライ二世なのだ。

だが、この世で何よりも唾棄(だき)すべき男は、腹をすかせた老犬のように力なく見えた。エフゲニーは必死に男のよき父親のイメージを追いやろうとした。

こいつは、あの血も涙もないニコライなんだぞ!

あれは一九〇五年の冬の夜――。サンクトペテルブルクの冬宮殿で、この男は軍に命じて、非武装でデモ行進をする哀れな群衆に発砲させたのだ。いかにも優しげな目をしているが、極悪非道の男なのだ。

ネックレスを握る拳に力が入る。

ナタリア……まだほんの十三歳だったのに……。あくる日の早朝、妹は凍りついた広場で変わり果てた姿で発見された。顔は見るも無残にサーベルで切り裂かれていた。

レーニン同志の言うとおりだ。暴君に情けは無用。

不意に〈鉛の洗礼者〉の声が沈黙を破った。

「ユロフスキー同志、そろそろ時間です」

ユロフスキーは皇帝に歩み寄ると姿勢を正した。形式は重んじなければならない。

「正当なる司法の判決およびウラル・ソヴィエト審議会の決議により、ニコライ・ロマノフおよびその妻子、これを死刑に処すものとし、ただちに刑を執行する」

部屋の反対側からナガンM1895の撃鉄を起こす音が響く。すすり泣く声が聞こえる。皇帝は怯むことなく、ユロフスキーを見据えた。

「何が正当なものか。殺人ではないか。女、子どもの命まで奪おうとするとは。あなたがたは鬼畜も同然だ。神と人間が、あなたがたの罪を裁くだろう」

それを聞くや、エフゲニーは室内に踏み入った。シャンデリアの下をずんずん進み、落ちぶれた皇帝の前に立つ。そして、相手の鼻先に顔を近づけて言った。

「それなら貴様にも身に覚えがあるだろう。殺人は貴様の領分だからな、ニコライ……」

皇帝は首を横に振った。

「何のことか……」

「時間の無駄だ」ユロフスキーが遮り、拳銃を手に、二人に近づいた。

エフゲニーは片手でそれを制し、威圧的な視線を投げた。レーニンを思わせるその眼光の鋭さに、その場にいる者たちはみな恐れをなし、ユロフスキーも引き下がった。

「処刑はこちらの話が済んでからにしてください」

エフゲニーは再び皇帝に向きなおった。

「ツァーリよ！　一九〇五年一月九日、(注6) 俺の親父と妹は貴様の宮殿の前を行進していた」

皇帝がみるみる青ざめる。エフゲニーは緊張した声で続けた。

「思い出したか？　二人はパンと自由を求めていただけなんだ。妹は貴様を敬愛していたんだぞ。ツァーリは優しくて心の広いおかただと。デモには女や子どもも大勢参加していた。貴様の家族と変わらない、同じ年頃の子どもたちだ。そんな彼らに貴様は何をした？自分のイヌを差し向けたんだろう？　兵士どもはサーベルを振りかざしてデモ隊に突進した。笑いを浮かべて襲いかかってきたという話だ。朝早く俺は広場に行ってみた。そこで死んでいる妹を見つけた。親父は腸を引きずり出されていた。血まみれのイースターの豚のようにな」

エフゲニーは怒りに全身をわななかせていた。

「あの晩、宮殿では、貴様の妻と娘たちがパリから取り寄せた真珠やらエメラルドやらを散りばめたドレスを試着していたそうじゃないか。そして、貴様ときたらバルコニーに出て広場の大虐殺を高みの見物と洒落こんでいたんだろ。高級葉巻を吸いながらな！」

皇帝はかぶりを振った。体はふらついても、眼差しはしっかりとエフゲニーに向けられている。

「誤解だ！　わたしは心からわが民を愛している。虐殺など望むわけがない。あれは軍の司令官が命じたことなのだ。軍が動員されたことは痛恨の極みであり、あの日以来、来る日も来る日も神に懺悔している……」

「ちょうどいい。もうすぐ神と直接話すことができるぞ」

そう言うと、エフゲニーはユロフスキーに合図しかけた。

「頼む、待ってくれ！」皇帝は懇願した。「どうか、妻と子どもたちの命だけは助けてほしい。その代わり、驚くような秘密を教えよう。その秘密を知り得た者は強大な権力を持つことになる。レーニンやトロツキーよりもはるかに強大な権力だ」

エフゲニーは相手の顔をじっと見つめた。職業柄、虚言を吐く人間なら大勢相手にしてきている。だが、目の前の男は作り話をしているようには見えなかった。

「秘密とは何だ」

「ロマノフ朝において代々受け継がれてきた秘密だ。われわれに富と権力をもたらしたものだ。手もとに置いておくべきであったのに、革命が起きたとき、わたしは迂闊にもそれを安全な場所へと移してしまったのだ。その在りかを教えるから、家族を解放してくれ」

エフゲニーは拳銃を抜くと、皇帝のこめかみに突きつけた。

「貴様に指図する権利はない。どんな秘密か、早く言え」

「それは……レリックだ。神聖なる古代の遺物で……」

突如銃声が轟いた。最後まで言い終えることなく、皇帝はよろめいた。シャツの胸もとに真っ赤な染みがみるみる広がっていく。恐怖におののく家族や使用人の目の前で、最後のロシア皇帝ニコライ二世はがっくりとくずおれた。地下室に悲鳴が響き渡った。

「レリックとはお笑い種だな！」煙の立ち上る銃を手に〈鉛の洗礼者〉がせせら笑う。「レーニン同志も言っておられる。迷信は克服すべしと……」

「なぜこちらの合図を待たなかったのか！」エフゲニーは怒鳴った。

「おまえの役目は見届けることだろうが。刑の執行は俺の役目だ。おまえのその反革命的な態度を上に報告してやろうか？」〈鉛の洗礼者〉が凄んだ。「土手っ腹に風穴を開けられたくなければ、そこをどけ」

エフゲニーはユロフスキーと処刑隊をちらりと見やった。みな自分の一挙手一投足に目を光らせている。少しでも迷いを見せたら間違いなく報告されるだろう。エフゲニーは処刑隊に近寄った。

「わかった。だが、子どもたちは見逃してほしい。彼らには何の……」

「安っぽい感傷は無用だ！」〈鉛の洗礼者〉が遮り、再びモーゼル拳銃を構えた。「いいかね、諸君。もう一度言っておくが、胸を狙え。間違っても頭は狙うな。血が噴き出して面倒なことになる」

皇帝一家と従者たちが泣き叫ぶなか、ボリシェヴィキの銃が一斉に火を噴いた。隊員の一人が弾を切らし、這って逃げ惑う皇太子の喉もとに銃剣を突き立てる。皇太子は横たわる父親のブーツに頭を乗せて息絶えた。

「馬鹿野郎！」ユロフスキーが怒鳴った。「血で汚すなと言っただろう！」

皇后と娘の一人はまだ息があるようだった。〈鉛の洗礼者〉がミミズのように床をのたうつ皇后の上に屈みこむ。血まみれのブラウスの前立てのあいだから、燦然と輝く赤や緑の光がいくつも認められる。

「見てみろ、鎧代わりになっているぞ。服の下に隠していた宝石が弾を跳ね返したんだ」

〈鉛の洗礼者〉は皇后の下着からエメラルド二つとルビー一つを引きちぎり、母親にしがみついていた娘の目に銃口を突きつけて引き金を引いた。

エフゲニーは胸がむかついた。処刑はおぞましい虐殺にすり替わっていた。

「よし、そこまでだ」ユロフスキーが叫ぶ。「死体をトラックに積みこめ」

「そのあとはどうするのですか？」エフゲニーは尋ねた。

「ここから三十キロほど離れた〈四人兄弟〉の森まで運んでいく。そこで焼却したあと、竪坑に葬り去る。万事計画どおりに運んだと、きっちり報告を上げておいてくれ。同志たちは怯むことなく革命戦士としての義務を果たしたのだ」

その革命戦士どもは、哀れな犠牲者たちの血みどろの骸に寄って集って宝石をむしり取っているところだった。

こいつらを皆殺しにしてやりたい。エフゲニーは強い衝動に駆られた。これでは父や妹を殺した奴らと何ら変わりないではないか。

「女子どもにも手加減しなかったおまえの英断は、細大漏らさず報告しておいてやるからな」エフゲニーは軽蔑の意を込めて〈鉛の洗礼者〉に言い放った。「それから、その連中がわれ先にと集めている宝石はすべて差し出すように。そいつは革命が得た財産だ」

それだけ言うと、エフゲニーはその場をあとにした。吐き気が込み上げてくる。あれほど待ち望んでいた復讐に対し、今は名状しがたい嫌悪しか感じない。床も壁も肉片と血と排泄物のマグマを被り、見る影もなかった。強烈な悪臭が地下室ばかりか昂る己の心にまで染みついていた。それが、ロマノフ家に対する最後の記憶となった。

イパチェフ館を出ると、エフゲニーは新鮮な空気を深々と吸い、夜空に目を凝らした。天頂には、新たに生まれた星たちが瞬いていた。

第一部

《現代の科学から中世の黒魔術、ピタゴラスの教えからファウストの魔除けの五芒星に至るまで――人智、自然、超自然を問わず、権力の源となるものはすべて、最終勝利のために活用する必要があった》

――ヴィルヘルム・ヴルフ（ヒムラー付き占星術師）

《成功がゴールでもなければ、失敗が終わりでもない。肝心なのは続ける勇気である》

――ウィンストン・チャーチル

一

一九四二年七月
ドイツ
ポンメルン

人通りが途絶えて何年も経つような砂利道を車はゆっくり進んでいた。見渡す限り、灰色の鬱然とした森が広がっている。いまだにこんなところに住む人などいるのだろうか。時おり、木立の合間を抜けていく脇道が見え隠れするものの、人家や農場らしきものは一切見当たらない。ケーニヒスベルクを出発してから、車はひたすら暗い森の中を突き進んでいる。おかしい。この道は海に続いているはずなのだが。トリスタンは親衛隊の制服に身を包んだ運転手の様子をちらちらとうかがった。運転手は助手席に広げた地図に幾度となく目をやっている。おそらく自分と同じで、無限の世界に迷いこんでしまったというおかしな錯覚に陥っているに違いない。窓外に目を凝らすうち、かつてはこの辺りでも人間が生活していたと思われる痕跡が見つかった。イバラが絡みついた枝束（えだづか）がある。斧で切り倒された、苔むした倒木も。どれもそのまま放置されてしまったらしい。

「城まではまだ時間がかかりそうですか？」トリスタンは尋ねた。

運転手はやや間を置いてから口を開いた。親衛隊では、発言の際は言葉を慎重に選ぶことが求められているのだ。

「海沿いの道に出るまでに三十分、そこからフォン・エスリンク家の地所まで、さらに一時間はかかると見ています」

トリスタンは窓を下ろして顔を出した。生い茂る葉で撓(たわ)んだ枝々がトンネルをなしていて、空の色が見えない。だが、頬を打つ風には磯臭さが感じられる。バルト海が近い証拠だ。目的地に着くまでの時間を利用して、トリスタンは頭の中を整理することにした。

トリスタンはヒムラー長官の緊急命令を帯びていた。アメリカが参戦し、全面戦争に突入した今、アーネンエルベには果たすべき新たな役割がある。ついては、ヴェネツィアで負傷し、現在静養中のエリカが、アーネンエルベの所長として務まるまでに回復しているのかどうかを確かめてきてもらいたい。ヒムラーからはそう言いつかっている。

「ご覧ください。間もなく森の出口です」運転手が前方を指した。

黒雲のような森が次第に明るくなりつつあった。木々の透き間から、銀色の輝きが鬼火のように揺らいでいるのが見える。幹のうねった松の群れが風にギシギシと鳴っている。やがて車がカーブを曲がったところで、一気に目の前に海が開けた。灰色を帯びたその果てしない広がりは、空低く覆う白いうね雲に撫でられて身を震わせているかのようだ。

トリスタンは運転手に車を停めさせると、風の中に降り立った。
一時間後には、エリカと対面することになる。
同時に、自らの運命とも対峙することになるのだ。

リーベンドルフ
フォン・エスリンク邸

多感な時期を過ごした自分の部屋を出てからずいぶん日が経つ。静養のため実家の城に戻ってきたとき、家族からは別の部屋で休むように勧められた。いきなり記憶を強く刺激しないほうがいいとばかりに。医者たちが下した診断は記憶喪失だった。記憶の機能に負担をかけてはいけませんと言われ、エリカは肩をすくめた。馬鹿みたい！　わたしは何だって憶えているわ。はじめて抜けた乳歯を枕の下に忍ばせたことから、トリスタンと最後に愛を交わした夜まで。でも、ただ一つ、フューラーがムッソリーニと会談した日に起きたことだけが、記憶からすっぽり抜け落ちている。

病院で目覚めたとき、右のこめかみに銃創を負っていた。何者かに撃たれたのだ。傷は、フューラー暗殺を謀ったイギリスの特殊部隊との銃撃戦の最中に受けたものだと説明された。だが、まったく思い出せない。それからというもの、あの日の記憶をなんとか復元しようと努めてきた。しかし、思うようにはいかなかった。

エリカは部屋のドアを開けた。窓の鎧戸は閉めたままにしておく。別に開けなくても、窓の向こうに見えるものくらいわかっている。城の正門まで延びる両脇を花壇に縁どられた長い通路。間もなくそこを通ってトリスタンがやって来る。今さら外の景色を見るまでもないし、部屋は薄暗いほうがいい。怪我の影響で、明るすぎるとめまいがするのだ。

エリカはベッドに体を横たえた。前よりもふかふかしている。シーツが湿気ないように使用人が毛布を重ねておいてくれたのだろう。殺風景な壁にはガラスフレームに入った二枚の写真が飾られているだけだ。一枚はセピア色に褪せている。帯状の黄金の髪飾りを額に巻き、幾重にも流れる首飾りをかけた女性の肖像写真。女性は伝説の都市トロイやミケーネの遺跡を発掘した考古学者の妻、ソフィア・シュリーマンである。偶像のように飾り立てられたソフィアが身につけているのは、夫が発掘した数千年前の装飾品だ。この女性に魅入られてしまったことが、考古学者を目指すきっかけとなった。二枚目の写真には三十歳くらいの男性が写っている。真っ黒に日焼けした顔に快活そうな表情を浮かべ、壁の前でツルハシを振るっている。ハンス教授――大学時代の恩師であり、何より、初恋の人である。

エリカは沈んだ気持ちでフレームに触れた。自分がアーネンエルベの所長になると知ったら、先生は何と言っただろう？　歯車がどこでどう狂って、所長の座に就くまでになったのか、いまだに自分に問うている。考古学界からは将来を嘱望されていたのに、一転してナチス・ドイツを代表する研究者の一人になり果てたとは……。良家の子女が何の因果か、怪しげな〝神聖なるスワスティカ〟を探し求めて、モンセギュール、クレタ島、そして、ヴェネツィアへと旅を続けてきた……。モンセギュールにはヒムラー長官に命じられたから行ったまでのことだ。けれでも、そのあとの任務については……。すべてから手を引くことができなかったのは――。

ひとえに……トリスタンがいたからだ。トリスタンがいたからこそ、この仕事を続けてきた。それがわたしにとっての、ただ一つの理由……。エリカはベッドから起き上がり、壁に手をついた。再びめまいが襲ってくる。

ねえ、トリスタン。わたしがヴェネツィアで命の危険に晒されていたとき、あなたはどこで何をしていたの？

どうして守ってくれなかったの？

記憶のブラックホールの中で、立ち止まりもせずに逃げていく人影。それは、愛する男の姿だった。

バルト海

道は草のなびく砂丘に沿って延びている。トリスタンは路肩に停めた車にもたれるようにして立った。吹きすさぶ風に砂が舞い飛び、とっさに目を閉じる。この地に夏はない。トリスタンは上体を前に屈めると、砂丘から浜辺に抜ける細い道を素足で走り抜けた。乾いた流木や貝殻が砂の上を累々と覆いつくしている。まるで入り組んだ海の墓場の中を通っているような気分だ。波打ち際まで来て、やっとほっとした。波の花が茶色の帯をなしている。渚を歩きながら、濡れた砂に足がずぶずぶと吸いこまれる感触に、トリスタンは生き返った心地がした。本当はずっと海が嫌いだった。あの果てしない水平線。人間をはるかに凌駕するものだ。もはや海には限界も境界もない。常にもっと先へ行こうとする欲望が渦巻くのみだ。飽くなき野望を持った征服者や狂気の独裁者らは、海を眺めすぎた人間ではないか？　きっとそれに違いない。そう思う一方で、トリスタンには足場が必要だった。じっくりと考えるためにも。特に今日のような日は……。

エリカが実家に身を寄せることになってから、トリスタンはまめに手紙を書いて様子をうかがったが――電話は繋がらなかった――、エリカはどうでもいいようなことを綴った短い返事を寄こすだけだった。これは、向こうがよほどの記憶障害に陥っているか、あるいは、自分に不信感を抱いているかのどちらかだ……。エリカの症状は予想以上に深刻なのだろうか？　それとも、記憶を取り戻していて、返礼を……復讐の機会をうかがっているのだろうか？　トリスタンは疑い深くなっていた。常に背後を確認し、頻繁に所持品を調べ、行動を最小限に抑える。ヴェネツィアを最後に、ロンドンにもメッセージ一つ送っていない。とにかく人目につかぬように用心に用心を重ねて鳴りを潜めた。

トリスタンは砂丘のほうを振り返った。あと一時間後にはエリカと対面する。その瞬間、自分の行く道が決まる。エリカが何も憶えていないとしても、誰に狙撃されたのかを知っているとしても。

もはや選択の余地なしだ。

リーベンドルフ
フォン・エスリンク邸

庭園の正面に城館があり、左右に翼棟を従えた中央のファサードに幅の広い石段が続く。周辺一帯は鬱蒼とした森に覆われている。この城館は、数世紀来フォン・エスリンク家が所有してきたもので、かつてはハンティングロッジとして使われていた。エリカの両親がそれを増改築し、家族で過ごす夏用の別邸に仕立て上げたのだ。とはいえ、一族特有の近寄りがたさが建物全体に漂っており、現代風に改装されたテラスのフランス窓やカラフルな瓦屋根をもってしても、その趣を消し去ることはできない。

車から降りるなり、トリスタンは思わず顔をしかめた。この城は、冬が来たら雪に埋もれるしかない墓を思わせる……。

まるで見計らったように、石段にエリカが現れた。伸び放題の髪を結いもせずに背に垂らしている。だいぶやつれたようだ。庭園の通路を進みながら、トリスタンはエリカにキスをするべきか迷った。何か月も会わずに書簡のみのやりとりをするなかで、互いの関係に触れたことは一度もない。そばまで寄ると、エリカの顔は透き通りそうなほど蒼白だった。目だけが辛うじてこの世に留まっているかに見える。ゆるゆるの乗馬ズボンに使い古したブーツを履き、ウールのセーターの下に胸の膨らみは感じられない。

「寒そうだね?」トリスタンはエリカの肩に手を回しながら声をかけた。

その手をするりとかわしてエリカが答えた。

「ここはいつも寒いわ。夏でも」

エリカに案内され、トリスタンは客間に入った。二間続きの客間は、奥に並ぶフランス窓から庭園を望めるようになっていた。淀んだ灰色の池の水面(みなも)に、背の高い木々の梢が映りこんでいる。エリカは窓の外の風景には見向きもせず、暖炉のそばの肘掛け椅子に体を預けると、両手を火にかざした。

「まだ療養中だけれど、なるべく早く復帰するつもりですから。アーネンエルベは、今どうなっているのかしら？」

以前に比べてエリカの口調は重々しかった。

「現在、所長の臨時代行を務めているのは先史学者のヴォルフラム・ジーヴァスだ。当面の事業運営を任されている。まあ今は戦争に勝つことが先決だから、大半の計画が中止になっているが」

「スワスティカの探索のほうは？」

トリスタンは暖炉のそばに近づいた。寒いわけではないが、やけに広くて陰気臭いこの城にあって、炎を見ていると心が落ち着く。

「言うまでもなく、スワスティカの在りかに関する情報は、すべて『トゥーレ・ボレアリスの書』によるものだ。書の示すとおり、アーネンエルベはチベット、モンセギュール、クレタ島に調査隊を派遣した。ただ、四つ目のレリックの在りかについては何も記されていない。ただの一言も」

「でも、本には確かに四つのスワスティカが隠されたと書いてあったわね」

「ああ。しかし、テクストの最後の部分が欠落している。ページが切り取られたのか、あるいは、そもそも未完の書だったのか……」

スワスティカの話題になったとたん、本来の自分を取り戻したかのように、エリカが生き生きとしてきた。

「どちらの仮説が正しいか、はっきりさせましょう。ベルリンに戻って専門家を集めてちょうだい。まずは文献学者が必要ね。テクストにまだ続きがあると考えられるような兆候がないか調べさせるの。それから、紙の専門家も呼ぶといいわ。ページが切り取られているかどうかは、顕微鏡で確認できるでしょう」

トリスタンは頷いた。

「それもそうだが、『トゥーレ・ボレアリスの書』がどこで発見され、誰から誰の手を渡って今日に至ったのかを調べてみたらどうだろうか。さしあたってわかっているのは、本が中世半ばに修道院で書かれたことだけど、そのあとは……」

トリスタンは立ち上がると、客間の奥にあるガラスのショーケースに近づいた。棚の上には青銅のトルク(注1)やフィブラ(注2)、副葬品の陶器、ハンマーを振りかざす人を象った砂岩の立像などが並んでいる。これら古代の遺物が、エリカが考古学者を目指すきっかけになったのだろうか?

「『トゥーレ・ボレアリスの書』は最終的にはヴァイストルト大佐の手に渡ったわ」

久しぶりに聞く名前に、トリスタンはエリカを振り返った。アーネンエルベの前所長、ヴァイストルトは嗅覚が鋭く、手回しがいい男だった。

「確か、そういう話だったね」

「一九三八年にベルリンのユダヤ人書店主から手に入れたのよ」

「手に入れたというよりも強奪したんだろ？」

「そんなことはどうでもいいわ。それよりも、その書店主がどこで本を手に入れたのかを……」

トリスタンは遮った。

「書店主は大佐に殺されている」

「それなら、その家族を捜すまでよ。きっと何かしら知っているはずだわ」

トリスタンは啞然としてエリカの顔を見た。

「ナチスの支配下にある一九四二年のドイツで、ユダヤ人の一家を捜せと？　で、手始めにどこから当たればいいわけ？　強制収容所とか？　墓地とか？　どうすれば捜し出せるか教えてほしいもんだよ」

「それを言うなら、まず、あなたがここに来たわけを教えてほしいもんだわ」

「ヒムラー長官がアーネンエルベの再編を図ろうとしている。それで、きみが復職できそうか、知る必要があった」

「それで、あなたはわたしの健康状態を評価する任務を仰せつかったのね」

トリスタンは答えなかった。

「後遺症でめまいがすることはあるけれど、わたしはいたって元気ですから。あとはヴェネツィアで何があったのかがわかれば、もっとすっきりするんだろうけど」

「本当に何も憶えていないのか？」

今度はエリカが沈黙した。

「きみは流れ弾に当たったんだ。イギリスの特殊部隊が……」

「その話ならもうたくさん。それなら耳にタコができるほど聞かされたわ。わたしが知りたいのは、あなたが知っていることよ。わたしが撃たれたとき、あなたはどこにいたの？」

「きみがいた浜辺に俺もいた。パラッツォ・デル・シネマの正面の浜辺だ。ドイツの代表団はそこに避難していたんだ」

「それで、あなたは何も見ていないの？」

「きみが撃たれたと知らされた。急いで駆けつけた。きみは頭から血を流していて……。そのあとすぐに救助が来た」

「本当にそれだけ？」

「嘘だというのか？」トリスタンは声を荒らげた。「誰に訊いても同じことだ。目撃者も大勢いる」

「じゃあ、もしそれがわたしの記憶と違うとしたら？」負けじとばかりにエリカが言い返す。

トリスタンはエリカをまじまじと見つめた。その発言の意味するところは二つに一つ。鎌をかけているか、断片的であれ記憶が戻ってきているか。どちらにしても、エリカが自分に不信感を抱いていることは明白だった。かなりまずい状況だ。

「記憶障害の場合、記憶の欠落部分を補う作用として、事実と違う話をすることがあるんだ。記憶が抜け落ちているという不安が無意識にそうさせるらしい」

「あなたが記憶喪失の専門家だったとはね」エリカが皮肉った。「わたしが事故に遭ってから、調べたんでしょう？　なぜそんなことをする必要があったの？」

トリスタンはエリカの肩越しに庭の通路を見やった。人影がまったくない。庭師や家政婦の姿も見られない。エリカ以外にこの城館に暮らす人はいるのだろうか？

「答えないの？　わたしのこと、頭が変だと思っているのね？　ヒムラー長官にもそう報告するつもり？」

トリスタンは、二階へ上がる階段に視線を移した。オーク材のようだ。ワックスをかけたばかりらしく、辺りに松脂の匂いが漂っている……。エリカが立ち上がり、椅子の背につかまった。

「少し横になったほうがいい」トリスタンは言った。「まだ本調子じゃないんだから、よく休まないと。部屋まで行こう。きみの部屋は二階？」

トリスタンがエリカの肩に手を掛けたとき、庭に車が入ってくる音が聞こえた。窓を見ると、車から二人の親衛隊員が飛び出し、こちらに向かって走ってくる。間もなく玄関にブーツの足音が響いたかと思うと、勢いよく扉が開いた。

「マルカスさんですね？」

トリスタンは頷いた。

「ご同行願えますか」

二

一九四二年七月
イギリス
ストーンヘンジ

老人は踝（くるぶし）まで届く白い長衣をまとっていた。齢八十を越えてはいても、すっくと立つその姿は、若かりし頃より崇拝してきた神聖なるオークの木さながらだ。手入れの行き届いた顎鬚は先端に向かって細くなるように丁寧に整えられ、十九世紀の貴族のような品格が漂う。握り締めた杖は、その節くれだった指のようにゴツゴツし、色褪せた瞳のようにくすんだ色をしていた。

イングランド、ウェールズ、スコットランドのドルイド教団を統べる最長老の大祭司は、同じく白装束を身につけた十人の祭司たちを慈悲深く見つめると、足もとの古代遺跡の石を杖で三度叩いた。この場では、かつて先祖たちも古（いにしえ）の神々に祈り、加護を求めたのだ。

「みなの衆、今宵はこの特別な集会（コンヴェント）(注3)に各地より馳せ参じられ、心より感謝申し上げる。

ここストーンヘンジは、われわれケルト民族にとって聖地の中の聖地である」

漆黒の布帛を張りめぐらしたような天空には白銀の硬貨のごとく月が座し、平原を見渡す限り煌々と照らしている。天頂にありながら、集会の参加者たちを自らの庇護のもとにおいているかのようだ。

「われわれの土地は、またもや侵略者に脅かされている。その侵略者とは北方民族でもローマ人でもない。ゲルマニアの黒き森からやって来る者たちである。その残忍な戦士たちは殺戮と侵略を繰り返し、女性や子どもを隷属状態に陥れる。彼らが従う冷酷非情な指導者は、われわれを支配下に置かんとしている。イングランド、ウェールズ、およびスコットランドの自由を愛する者たちよ、今、英国軍はわれわれの支援を必要としている。なぜなら、この世界のみならず、異世界でも戦いが繰り広げられているからだ」

大祭司は目を閉じると、空を抱き締めるかのように両腕を差しのべた。会衆にかすかなざわめきが広がった。

「頭上の天よ、足もとの地よ」

祖先の言葉が儀式の始まりを告げる。大祭司は改めて生命力が体中にみなぎるのを感じた。大地の波動が体を貫き宇宙へと広がっていく。

「われらは大地と一つになる！」一同が声を揃えて叫ぶ。

ロールは遺跡の入口に立ち、双眼鏡でこの神秘的な月夜の儀式を見張っていた。周囲に双眼鏡を向けると、守衛小屋の陰に陸軍のトラックが控えている。

ウィッチフォール作戦発動中である。わずかな遅れも許されない。ストーンヘンジに通じる道路はすべて軍のバリケードで封鎖され、兵員三十名の分遣隊が巨大な環状列石（ストーンサークル）の外周をぐるりと取り囲む。古来より、その内側では幾度となくドルイド教の儀式が執りおこなわれてきたが、武装した兵士に包囲されるのは前代未聞のことだ。写真撮影は固く禁じられていたが、唯一、陸軍の撮影班だけがカメラを回すことを許されている。

ロールは腕時計を確認した。

そろそろ時間だ。大祭司が時間に正確であれば、間もなく大掛かりなショーが始まる。

ロールが耳を澄ましていると、その瞬間はすぐに訪れた。

「自由なる者たちよ、不倶戴天（ふぐたいてん）の敵の面（おもて）を暴くのだ」

大祭司の声とともに投光器の光が地面から一本の石柱（メンヒル）を照らし出す。メンヒルはパラシュートでも被せたように白い布で覆われていた。二人の祭司がロープを引いて、覆いを剝ぎとる。

光の中に現れたのは、縦三メートル、横二メートルほどの巨大な顔だった。

幻覚に囚われたような虚ろな眼（まなこ）のフューラーが祭司たちを見下ろしている。

光線の効果で、二つの目は命を宿しているかのように揺れ動いて見える。

「これぞわれらが敵、アドルフ・ヒトラー！　邪悪なる魂よ、未来永劫地獄の業火に焼かれよ。その骨が朽ち果て、血が涸れ、肉の腐らんことを。太陽神と地母神とオークの主の名において、この者とそれに近しき者たちが末代まで呪われんことを」

祭司の一人が松明に火を点け、ヒトラーの肖像画の前に進み出た。

「汝の肉も魂も、浄化の炎に永久に焼き尽くされるがよい！」

顎先に引火した炎が頬と口髭の上を這い、顔全体を呑みこんでいく。独裁者の顔はみるみる歪み、やがては醜く縮んで燃え滓がくすぶるのみとなった。

ロールはトランシーバーを取り出し、小声で合図した。

「ゴー！」

数秒後、三本の光の柱が虚空にそそり立った。その光景にロールは息を呑んだ。DCA用のサーチライトが作り出す青白い柱が闇を突き抜けていく。銀に輝く月を目がけて。

大祭司の声が再び響いた。

「敵に思い知らせよ。今や火は点された。われらは闇の奥底まで敵を追い詰めていく」

ロールはため息を漏らした。ドルイド教の儀式が始まったときから不思議でならなかった。まったく、こんなばからしい作戦を本気で遂行している者たちの気が知れない。いや、ここだけの話ではない。国内のほかの聖地三か所においてもまさに今、やはり唖然とするような儀式が同時進行中なのだ。

マン島ではウィッカの魔女たちがヒムラー親衛隊長官の人形を火あぶりに処し、エディンバラでは秘密結社〈黄金の夜明け団〉の一派がゲーリング元帥の衣装を着せたマネキン人形を聖なるオークの枝に吊るしていた。さらに、古来より異教徒のメッカであったニューフォレストでは、牧神(パーン)の信奉者らがドクトル・ゲッベルスの写真を腹に貼りつけたヤギを血祭りに上げている。いずれの場所でも、儀式が好奇の目に晒されることのないように軍による規制が敷かれ、撮影班がすべてを記録する手筈がとられている。

　突然、三本の光の柱が消えた。ストーンサークルと祭司たちを照らすのは再び銀色の月光だけとなった。

　ロールは双眼鏡をしまうと、遺跡の守衛小屋へ向かった。空腹で死にそうだったが、何よりも魔女の罠(ウィッチフォール)作戦について詳細を知りたい。ＳＯＥの上官が計画したこの新しい作戦のことを……。

　ロールは木造の小屋のドアを荒々しく開けると、湿った空気をまとったまま、脇目も振らず突進した。

「司令官、このお祭り騒ぎにどんな意味があるのか、説明していただけますか？」

「ちょうどいいところに帰ってきた。卵が焼けたぞ。まずは腹ごしらえをしろ」

　S局の責任者マローリーは、簡易コンロのそばに立ったまま答えた。コンロに掛けたフライパンから湯気が立ち上っている。

オーク材の壁が山小屋を思わせる部屋の中は、焼けたベーコンの香ばしい匂いで満ちていた。奥のどっしりしたテーブルには、すでに先客が座っている。その姿はさながら三重の包装紙にくるまれた巨大なボンボンといったところか。アレイスター・クロウリーはベーコンと卵のサンドイッチをがっついていた。

「ボスの言うとおりだ。腹が膨れれば、気持ちが落ち着くぞ。どうもご機嫌斜めのようだからね」

「そんなことより……茶化さずに答えてください」ロールは手袋をテーブルの上に投げつけた。「外にいるあのいかれた連中は何者なんです？　どこかの病院から連れてきたんですか？」

クロウリーは鮫肌の下膨れた頰にふさわしく、太い吐息をついた。

「お嬢ちゃん、勘違いしてもらっては困る。われわれがイギリスの四つの聖地に招集した者たちは、それぞれが魔術、呪術、ドルイド教のオーソリティ、あるいはリーダーだ。わたしがウィッチフォール作戦と命名した。いいかね、これと同じことが一世紀以上前にもおこなわれているのだ。そのときの標的は、おたくのナポレオンと元帥たちだったがね」

「ご冗談を」上衣を脱ぎながら、ロールは吐き捨てるように言った。

テーブルに目玉焼きの皿を運んできたマローリーが代わりに答えた。

「いや、事実だ。王室文書館の記録によると、過去にも今回とそっくり同じような儀式がおこなわれている。正確には一八〇三年、集団で呪いをかけるためにイギリス中の魔術師とドルイド教の祭司たちが結集した。呪いをかけた相手はフランス皇帝だ。ブローニュに集結させた十万の兵とともにイングランドへ侵攻しようとしていたからだ」

「そして、それが功を奏したのだよ！」クロウリーがあとを引き取った。「その晩、就寝中に〈コルシカの鬼〉は引きつけを起こした。そして、翌朝には上陸作戦を断念したという」

「おやまあ……」ロールは腰を下ろすと、切り返した。「引きつけを起こしたのは、お二人の頭のほうとしか思えませんけど。白装束のドルイドに扮したり、マン島で魔女ごっこをしたりしている気のふれた人たちと同じように」

　クロウリーは半熟の卵をずるりとすすり、ロールを見返した。

「彼らを見下してはいかん。彼らはそれぞれの流儀で反逆しているのだ。彼らは光をもたらす者……革命家なのだ！」

「あら、そうですか」ロールは薄笑いを浮かべ、カリカリのベーコンに手をつけた。「おかしいですね。歴史の先生からは、ロベスピエールやレーニンが処女を生贄にしたとか、黒ミサに興じていたとか、教わらなかったけど」

「その二人の場合は、むしろ〝赤ミサ〟というべきだろう。その来しかたには夥しい血が流されているからな」

苛立たしげにそう言うなり、クロウリーはさっと立ち上がった。でっぷりした体に似合わず機敏な動きだ。クロウリーはテーブルに手をつくと、ロールの前に身を乗り出した。その目は興奮で爛々と光っている。

「おまえさんは何もわかっちゃいないな。魔術とは、破壊を司る古代の神々への祈願なのだ。その名にふさわしき魔術師やドルイドや魔女は革命家である。彼らは何世紀にもわたり、キリスト教徒の横暴と戦ってきた。中世期、教会や貴族によって邪悪な鍋で煮こまれたおぞましい料理に反発し、魔術は醸成されたのだ。キリストや聖母マリアが教皇や国王や坊主どもの独裁に祝福を与えるというのであれば、そのご尊顔に唾を吐こうぞ。サタンや牧神（パーン）の尻に接吻しようではないか。無双の独裁者の像は倒すべし。その独裁者の名は神という！」

「この人は急性マルクス主義の発作を起こしているのかしら」ロールはマローリーに冷ややかな視線を送りながら言った。

相手の皮肉など意に介さず、クロウリーはさらに熱弁を振るった。

「女性として、おまえさんは全部知っておくべきだ」

ロールは平然と卵を食べ続けた。

「わたしには関係ないわ。ルシファーのお尻にキスする趣味はございませんから……」

「いいか、耳の穴をかっぽじって聞いておけ。中世で魔術を教えていたのは女性たちなのだぞ。魔女とも呼ばれていたが、何より治療師であり占い師であったのだ。虐げられた貧しき人々に希望を与え、そして、カトリック教会や国王たちから拷問を受け、火あぶりにされたのだ。そうだ、欲望に秘められた力についても聞かせてやろう」

「結構です。セックスのお話なら、あなたがご執心なのは先刻承知です。お得意の〝性魔術〟では、オーガズムによって最高のエネルギーを発揮できるのですよね。SOEの資料を読ませてもらいました。不純異性交遊に耽るのに好都合な理屈ね。異性に限らず、同性もかしら」

　傍らでマローリーは部下たちの舌戦をおもしろそうに観察していた。クロウリーは頭に来たらしく、歯止めが利かなくなっている。

「確かにわたしは両刀使いだが、それがどうした？　わたしの誇りだぞ。不純と言ったな？　そうではない。わたしは不信に陥っているのだ。人々から精気を抜いて自由を奪う道徳に対する不信。要塞にこもったまま、人を人とも思わぬドイツの非道を放置しておるバチカンへの不信。ナチスによって破滅に導かれるこの世界、理性と道徳を謳いつつ有史以来子どもを戦場に送りこんできたこの世界に対する不信。進軍ラッパ、祝勝ミサ曲（テ・デウム）、革命歌の『インターナショナル』に『ラ・マルセイエーズ』、ナチス党歌『ホルスト・ヴェッセルの歌』……それらのもとにどれだけの血が流されてきたことか。不純なのはセックスではない、戦争だ！」

「それはそのとおりですけど……」困惑しつつも、ロールは認めた。「だとしても、あなたが根っからの変態であることに変わりはない。頭はいいけど、骨の髄まで変態だわ」

「お褒めに与り光栄ですな」

そう言ってクロウリーが腰を下ろすと、ロールはマローリーに向きなおった。

「司令官、笑いごとじゃありませんよ。お仲間の魔術師が先ほどのばかげた儀式の効果を本気で信じているのはしかたがないとしても、司令官はどうなんです？　こんな集会ごときの警護のために国防市民軍を動員するなんて、やりすぎではありませんか？　そればかりかＤＣＡのサーチライトや軍の撮影班まで……。そもそも、ヒトラーと側近に呪いをかけること自体、チャーチル首相が納得されないのでは？」

マローリーはパイプに火を点け、愉快そうに部下を眺めた。

「可能性があれば何でも使う。心理作戦と魔術を掛けあわせれば、妙薬のできあがりだ」

「その妙薬とやらに効き目があるのか、その場しのぎに過ぎないのか。まったく、司令官のお心が読めなくて困ります」

「どちらとも言えるかな」

一方、クロウリーはベーコンに舌鼓を打っている。

「やはりうまいな、豚肉は……。子羊に牝牛に雄牛、猫、鶏……魔術の儀式で生贄にする動物は数あれど、豚はいかん。神にとっても悪魔にとっても不浄の獣だ。クリスマスに豚を屠るのは、アンティル諸島くらいのものだからな」

ロールは憐れむような目でクロウリーを一瞥すると、上衣のポケットから皺くちゃの新聞を取り出して、テーブルの上に置いた。

「生贄といえば、今朝の新聞はご覧になりましたか？」

「いや、時間がなくてね。この集会の準備に丸二日間費やしたものだから。何かあったのかね？」

ロールはタブロイド紙を広げてみせた。毛布で覆われた遺体の写真の上に、見出しが躍っている。

《鉤十字の殺人鬼、再び現わる！》

「ウェスト・ブロンプトン墓地の墓石の上でまた女性の他殺体が発見されました」ロールは緊張した声で言った。「額に鋭利な刃物で鉤十字が刻みつけられていたそうです。モイラ・オコナーのやり口にそっくりなんです。去年、タワーハムレッツ墓地に切り刻まれて遺棄されたあの気の毒な若い女性。彼女の遺体はこちらの色狂いのお仲間を脅迫するために利用されたのでしたよね」

クロウリーは咀嚼していたベーコンを噴き出し、ロールをギロリと睨んだ。

「スコットランドヤードの捜査に委ねよう」マローリーが答えた。「おそらくは模倣犯だろう」

「そうとも言い切れないと思います。警察に情報提供したほうがよくはないですか」

「それはまずい！　いいか、モイラ・オコナーはアプヴェーアの手先なのだぞ。あの女には利用価値がある。アレイスターが毎月モイラと会って、こちらで有益と判断した情報を流している。われわれはドイツの諜報機関を相手にチェスゲームをしているのだ。あの女はわれわれにとってもはや欠かせない大切な駒となっている」

「ですが、もしモイラがさらに殺人を重ねたら？　切り裂きジャックと張りあわせるおつもりですか？」

マローリーは立ち上がると、ロールの前に仁王立ちになった。

「戦争の終結が最優先事項だ。そして、そのためのスワスティカの探索も。それ以外のことは警察に任せておけばいい」

「いやいや、お嬢ちゃんの言うことにも一理あるぞ」クロウリーが遠回しに言う。「ここは〈紅仙女〉がまた凶行に及んだのかどうか、はっきりさせておいたほうがいい」

「そんなに心配か？」マローリーは尋ねた。

「モイラはこのわたしがあの娘を手にかけたかのような写真をでっち上げて、ゆすってきたのだぞ。これ以上罪をなすりつけられるのは懲り懲りだ」

クロウリーの言い分ももっともだ。マローリーは頷くと、ロールに確かめた。

「被害者がいつ殺害されたかはわかっているのか？」

「そんなことより、額に刻まれていた印が同じだということに着目すべきではありませんか?」ロールが言い返した。「それに、遺体は墓地に置かれていたんですよ」

マローリーは新聞を摑んで記事に目を通し、表情を緩めた。

「記事には死後三日以内の遺体が発見されたとある。つまり、モイラの犯行ではないということだ」

「なぜそう断言できるんです?」ロールが質した。「司令官は地獄の火クラブでモイラとずっと一緒にいらしたのですか?　あのＳＭクラブで?」

マローリーの渋い表情を見て、クロウリーがニヤニヤしながら口を開いた。

「司令官の言うとおり、モイラによる犯行ではない。なにしろ、モイラ・オコナーはマン島で儀式に臨んでいるところだからな。現地入りしたのは先週だ。モイラには鉄壁のアリバイがある。チャーチルの〈ウォールーム〉がある地下防空壕のコンクリート壁よりも堅牢なアリバイだよ」

「あの女をウィッチフォール作戦に利用していたとは……知りませんでした」

「魔女として儀式に参加させているだけではない。クロウリーから撮影フィルムのプリントが手渡されることになっている。彼女はすぐにそれをベルリンに送るはずだ……」

「どういうことか、教えていただけませんか」

「第四のスワスティカの探索が滞っていようが、われわれは手をこまねいているわけにはいかない。そこで、ヒムラーを筆頭とする、オカルトに傾倒したナチス幹部に心理作戦をしかけることにしたのだ。自分に呪いがかけられていると知らしめることで、行動を迷わせ、判断を狂わせる。あのいかれたルドルフ・ヘスがこんなことを言っていた。ヒムラーは輪廻転生や魔術を信じ、何かにつけて占星術師の助言を仰いでいると。その情報をもとにこの作戦を立てた次第だ」

そこまで話すと、マローリーは腕時計を確認した。

「わたしはそろそろロンドンに戻って、少し休むことにしよう。明日の午後、ＭＩ６の友人たちとの会合があるのでね。ヴェネツィアでヒトラーとムッソリーニの暗殺計画に失敗したことを、いまだに根に持っている連中だよ」

「われわれはいつロンドンに戻れるのかな？」クロウリーが尋ねた。「ぜひとも出席せねばならない、大事なレセプションがあるのだが」

「お仲間のドルイドの革命家たちが全員バスに乗りこんだことを確かめてからにしてもらいたい。帰りの車は手配してある。自宅まで送り届けるように伝えてある」

「トリスタンの消息はまだ摑めていないのでしょうか？」ロールがためらいがちに訊く。

答えようにも新しい情報は何一つない。マローリーは押し黙ったまま、ロールを見つめ返すことしかできなかった。

三

一九四二年七月
ポンメルン

　トリスタンを乗せた車は有刺鉄線を二重に張りめぐらしたフェンスの前で停止した。戦闘服姿の親衛隊員たちが警備についている。フェンスの向こう側には、一列に並ぶ木々の合間に監視塔が点在し、その奥は開けた場所になっているようだ。フォン・エスリンク家の城を出てから一時間が経っていた。

　道中、トリスタンは強制連行の理由を隊員らに質そうとはしなかった。窓寄りに座って外を流れる景色を注意深く観察していたが、車両はすぐに脇道に逸れ、森の奥深くに入っていった。処刑をおこなうというなら、これほどお誂え向きの場所もない。人知れず、痕跡を残さずに始末することができる。しかし、それにしては、やけに時間をかけてやがる。まずは尋問してからということか？　それこそ連中の専売特許だ、嬉々として事に当たるだろう。だが、どうも様子が違う。何か別の理由があるのだ。

　一行はゲートの前で待たされた。獲物を追いこんだ猟犬よろしく警備兵が車の周りをぐるぐると歩き回っている。一人がボンネットを開け、一人はホイールを念入りに調べる。爆発物が仕掛けられていないか点検しているらしい。その検査の徹底ぶりにトリスタンが舌を巻いていると、不意にゲートが開かれた。警備兵らは持ち場に戻り、車は再び走りだす。先ほどまでの砂利道とは打って変わり、舗装路をスムーズに走っていく。徐々に木々がまばらになり、視界が開けてきた。対空兵器が配備された長い筒状の建物がいくつも見える。通路が分岐するところで、左手より警邏隊が現れ、車を停止させた。

「抜き打ちの検査です」下士官が告げる。「直ちにエンジンを切り、決して車から出ないように」

どこからともなく犬が集まってきて車を取り囲んだ。一頭がボンネットに飛び乗り、低い唸り声を上げながらフロントガラスを嗅ぎ回る。残りの犬たちは牙を剝き、サイドガラスに前脚を掛けている。

「ごたいそうな歓迎団だな」トリスタンは窓に向かって皮肉った。「このあとはお茶菓子でもてなしてくれるのかい？」

けたたましい吠え声が答え、鋭い口笛がそれを制する。間もなく警邏隊は車を離れ、雑木林の中に消えていった。

車はそろそろと動き出し、左側の通路に進入した。その先に広がる光景に、トリスタンは目を見張った。滑走路だ。うっすらと霧が流れる中を滑走路が延びている。遠くに管制塔がかすかに光を点滅させているのが見える。運転手がロータリーで車を停め、降りるように促すと、トリスタンは皮肉で応じた。

「もしパーティに招待されているのなら、先に言っておきますが、タキシードは持参していませんからね」

車が走り去り、トリスタンは一人その場に取り残された。滑走路には塵一つ落ちておらず、十メートルおきくらいに松の木が立っている。トリスタンはポケットを探った。ライターしかない。どうやら煙草はエリカの家に忘れてきてしまったらしい。とにかく、さっきの訪問は完全にしくじった。エリカがすっかりお見通しのうえで脅しをかけてきたのか、それとも、真実を知るために鎌をかけてきたのかはわからない。いずれにしろ、自分の対応は冷静さを欠いていた。拙速は巧遅に勝るとばかり、とっさにその場を取り繕った。結果がどうなるかなど考えもせずに……。あらゆる可能性を想定せずに保身に走ってしまったのは、常に緊張を強いられる状況下に身を置いてきたせいだろうか……。あのタイミングで親衛隊員に連行されたことは、結果としてよかったのかもしれない。車中、彼らの様子を横目で観察してきたが、どうもただの使い走りのようだった。二人に対しては一切抵抗せず、質問も控えておいた。ナチスの中でも特に親衛隊に対しては、決して疑いを持たれるような素振りを見せてはいけない。全体主義体制を生きぬくための鉄則である。それはさておき、明晰さにおいて自分はエリカに負けていた。なぜなのか？　それを知らなければならない。

突然、轟音が響き、トリスタンは思わず飛び上がった。トンネル形の建物の扉が開いたところだった。プロペラが空気を掻き回す、あの独特な音がしたかと思うと、照明灯の点いたコックピットと黒く長い翼が現れた。飛行機は格納庫を離れ、滑走路上で停止した。機体中央部の扉が開き、折り畳み式のステップが下ろされるや、正装の親衛隊将校が降りてきた。将校は風に煽られながら滑走路を渡りトリスタンの前まで来ると、気をつけの姿勢をとった。

「ハイル・ヒトラー」

トリスタンがおもむろに返礼しようとしたとき、将校が告げた。

「ヒムラー長官がお待ちです」

フォッケウルフ社の長距離輸送機Ｆｗ２００は、親衛隊長官専用機として特別な装備が設えられている。機内ではすでにヒムラーの側近たちが稼働していた。作戦地図、警察機構の報告書、工業統計……親衛隊の全活動情報がこのキャビンに集中し、機上にあっても、ヒムラーは常に自らの帝国の状況を把握することができる。ヒムラー率いるこの組織は今や絶大なる影響力と権力を誇り、さながらタコのようにドイツ中にその触手を張りめぐらせているのだ。東部戦線においては何十万もの兵士を意のままに動かし、ゲシュタポを通して全ドイツの警察権を掌握し、数多の捕虜や囚人を軍需工場で強制労働に就かせている。親衛隊は国家内部における国家であり、まさにナチス・ドイツの生命線になりつつあった。

騒々しい通路を進むうちに、エンジンが唸りを上げはじめた。Ｆｗ２００が離陸しようとしているのだ。先導する将校が振り返り、もったいぶった口調で言った。

「長官のご都合を伺ってまいります」

キャビンは側近たちが作業する部屋とそれ以外のスペースに仕切られていて、さらにその奥がヒムラーの個室になっているようだ。将校はドアをノックして中に入ると、すぐさま出てきた。

「今しばらくお待ちください」

ヒムラーはデスクに座り、今は亡き腹心の部下ハイドリヒのレポートに注意深く目を通していた。表紙に〈極秘〉と記されたその文書は、ハイドリヒの秘密の書庫に保管されていたものだ。五月二十七日、ハイドリヒは出勤途中に襲撃に遭ってプラハの病院に搬送された。ヒムラーも何度か見舞ったが、容体は悪化する一方で、翌月四日に死亡した。葬儀が終わると、ヒムラーは手を回し、故人の私的な書類ファイルをすべて自分のもとに届けさせた。是が非でもそうする必要があったのだ。どのファイルも他人の目に触れさせるわけにはいかないものだからだ。たとえフューラーであっても見せるわけにいかなかった。

レポートのタイトルは『親衛隊長官の文献コレクションに関する覚書』とあり、ヒムラーはそれがハイドリヒの直筆であることを認めた。この文献コレクションとは、ヒムラーがヨーロッパ中から集めさせている魔術や魔女狩りに関連した古文書のコレクションのことで、この手のものとしては最大級の規模を誇る。写本と印刷本を併せると、一万三千冊は下らないだろう。ルネサンス黎明期に入ると盛んにおこなわれるようになる魔女裁判について、ヒムラーは並々ならぬ関心を寄せ、魔女たちがたどる悲劇的な運命に想像を掻き立てられていた。そんなヒムラーの傾倒ぶりを聞きつけたゲーリングはしきりに皮肉り、嘲笑しているらしい。

《箒に跨れば空を飛べると思いこんでいる気のふれた女どもにうつつを抜かすとは、ハインリッヒも救いようがない》

ヒムラーは好きなように言わせておいた。まったく、太っちょゲーリングは鈍感で、相も変わらず時勢に後れをとっている。おおかた、親衛隊用の魔法の薬の処方箋か、フューラーのための不死の霊薬でも探しているのだろうと想像しているに違いない……。

ヒムラーは口もとを歪めて笑った。

むろん、真意は別のところにある。

ロシアへの侵攻が始まって以来、ユダヤ人排斥運動が強化され、大きな成果を挙げつつある。その一方で、迫害を逃れて国外脱出を図る者がいることが確認されている。スイスやスウェーデンなど中立国の多くの大使館のあいだでは、すでにその噂が広まっているらしい。その事実をヒムラーはいち早く嗅ぎつけた。そして、察したのだ。万が一ナチス・ドイツがこの戦争で敗北を喫するようなことがあった場合、排斥運動の成果の代償は高くつくはずだと……。

そこで、ヒムラーは、ドイツ帝国は歴史的な大虐殺――何万というドイツ人女性が魔女に仕立て上げられ、キリスト教の聖職者や信者の手で火刑に処せられた――に応酬しただけだと示してキャンペーンを張ろうと思い立った。そもそも魔女狩りをおこなったキリスト教徒どもの祖先はユダヤ人ではないか……。

ところが、ハイドリヒの覚書には、その理屈がいかに説得力に欠けるものであるかが述べられ、非難を回避するどころか、かえって非難が集中する恐れがあることが指摘されていた。覚書を読み終え、ヒムラーは失望した。それでは、苦しみながら残酷に焼き殺されていったドイツ人女性たちの命は、ユダヤ人どもの命よりも軽いというのか？　いや、そんなはずはない。やはりフューラーの仰せのとおり、すべての元凶はユダヤ民族にある。われわれの手で殲滅しない限り、世界に平和は訪れないであろう。

残念ながら、魔女狩りはユダヤ人排斥運動の口実として使えそうもない……。とにかく、まずは東部戦線に勝つしかない。そうだ、勝てばいいのだ。そうすれば東方のゲルマン化政策も推進できる。

だが……。

ヒムラーには気がかりなことがあった。最近、どうもフューラーの様子がおかしい。昨年十二月以来、なぜか、ひどくふさぎ込むことが多くなった。そう、あのヴェネツィアの夜を境に……。そして、それに前後するようにソ連軍が反撃に転じ、バルバロッサ作戦も失敗に終わっている。

入室を許可されたトリスタンは、ヒムラー専用のサロンに足を踏み入れるなり、外部との違いに驚いた。振動や騒音とは無縁の空間だ。エンジンの轟音さえも遠くに感じられる。まるで長官を前にして、世界が停止してしまったかのようだ。侃々諤々(かんかんがくがく)の議論を続ける側近たちと、一人ひっそりとこもる長官の姿は驚くほど対照的だった。

ヒムラーは丸窓のそばのテーブルに向かって座っていた。テーブルの上には書物や書類はなく、表紙の擦りきれた手帳が一冊置かれているだけだ。周りの壁は板張りで、造り付けのガラスの戸棚には数々の収集品が収められている。そこに飾られた一冊の本にはっとして、トリスタンは足を止めた。

「『わが闘争(マイン・カンプ)』、フューラーがくださったものだ」ヒムラーが説明する。「どこへ行くにも、肌身離さず持っている」

「まさにお護りですね」トリスタンは答えた。

「きみが思う以上だよ。本とはときに木のようなものである。その樹液は著者の血であり、何世紀にもわたって豊かに葉を生い茂らせるのだ」

御意(アーメン)。

トリスタンはうっかり声に出してしまいそうになった。だしぬけにわけのわからぬ訓示を垂れたがる長官の厄介な性癖には、毎度のことながら呆れかえるばかりだ。ヒムラーという男は、伝説やオカルトといった自身が心酔する事柄について語る際、独特な論理を展開する。なにしろゲーリングやゲッベルスを筆頭にナチスの幹部連中の多くが「あの男はいかれている」と、憚ることなく物笑いの種にしているくらいなのだ。

ただし、そんな彼らも、誕生日にきまってヒムラーから送られてくるファイルには笑顔を凍りつかせる。ファイルの中にはそれぞれが秘密にしておいたはずの破廉恥な行為が余すところなく記録されているからだ。愛人を網羅したリストを受け取ったゲッベルスなどは数日間鬱状態に陥り、その一方で、愛用のモルヒネの入手先の最新情報を暴かれたゲーリングは、カリンハルの別荘に閉じこもるありさまだった。だから、ヒムラーには用心しなければならない。

「エリカ・フォン・エスリンクに会ってきたのだね？　どうだ、彼女は復帰できそうか？」

ヒムラーがいつもより鼻にかかったような声を出した。

気な様子でした」

エリカについてヒムラーになんと報告すべきかは、待たされているあいだに考えておいた。トリスタンとしては、エリカがアーネンエルベの所長の座に復帰してくれたほうが都合がいい。エリカの妄言が暴走すれば、それはすぐに周りの知るところとなり、ヒムラーが自ら決着をつけるだろう。ヴェネツィアでフューラーが暗殺を免れたのは、親衛隊が機転を利かせたからだ。それは誰もが認める事実なのに、この期に及んでテロについて新たな説を唱える者が現れたらどうなるか。ヒムラーにしてみたら迷惑千万もいいところに違いない。

「今後のアーネンエルベの業務は変わっていくだろう。わが国における科学の最高府は、第三帝国の命運を賭す戦いに貢献すべきである。フューラーには、栄えある人類再生計画を成就させる手段をすべて提供しなければならない……」

トリスタンはラジオ演説を聴いているような気がしてきた。これが本物のラジオだったら、スイッチを捻って消してしまいたいところだ。

「……われわれの軍隊は、コーカサス地方に向けて攻勢を開始した。順調にいけば、数週間後には黒海を制圧する。われわれには壮大な計画がある。この地域の全住民を共産主義に対して蜂起させるのだ。しかし、その前に、厳正なる選別をする必要がある」

「とおっしゃいますと？」

「クリミア半島もコーカサスもユダヤ人に毒されている。連中を強制排除し、この地域を浄化しなければならない。そのためにも、大至急アーネンエルベからユダヤ人を嗅ぎ分けることができる専門家を寄こしてもらおうと考えている。エリカ・フォン・エスリンクにはさっそくその任務についてもらうつもりだ」

「しかし、彼女は考古学者であって、専門は……」

ヒムラーは手帳を手に取った。

「そういうきみは、一九三九年にスペインでわれわれに拾われたとき、美術の専門家を名乗っていたそうだな。だからこそ、きみはアーネンエルベにいられるのだが。それはさておき、次なるスワスティカの探索のほうはどんな案配かね？」

「ご存じのとおり、スワスティカを探すための手がかりは、すべて『トゥーレ・ボレアリスの書』にありました。ですが、四つのうちの一つだけが何も示されていないのです」

少しでも気に入らないとすぐに癇癪（かんしゃく）を起こすヒトラーとは異なり、ヒムラーは意にそぐわないことがあっても常に平静を保っている。

「何か当てはあるのかね？」

「『トゥーレ・ボレアリスの書』は、一九三八年にベルリンにあるユダヤ人の書店でヴァイストルト大佐が入手されたものです。そのときのお話を伺う必要があるかと」

「大佐は、モンセギュールで負傷して以来、依然として昏睡状態にある。それでも、定期的に様子を見には行っているのだ。大佐の意識が戻ったら、わたしから訊いておく」

「あとは、手稿そのものを専門家に分析させることで、何らかの情報が得られるかもしれません。専門家でなければわからないような細部の情報です。しかし、手稿は現在ヴェヴェルスブルク城で厳重に保管されています。長官直轄下に……」

　ヒムラーは手帳を開いた。

「手配しておこう。ただし、分析はその場でおこなうように。いかなる場合でも、本の持ち出しは禁ずる」

「承知しました」

　不意にドアを控えめにノックする音がした。ヒムラーが顎をしゃくり、トリスタンに開けるよう指図する。ドアを開けると、先ほどとは別の将校が入ってきて、踵を打ち鳴らした。

「三時間後にフランクフルトに着陸する予定です」

　将校が退出すると、ヒムラーはトリスタンに座るよう促した。

「きみは仕事に就く前、フランスで美術史を学んでいたようだね。仕事ではどんなことをしていたのか？」

「見立てです。美術愛好家は飽くことを知りません。彼らにとって美術品とは麻薬のようなもの。顧客の欲望を刺激するには、常に新たな作品が必要となります。わたしの仕事は、それを提供することでした」

「たとえば?」

「顧客の中には具体的に作品を指定してこられるかたがいらっしゃいます。たとえば、あそこのコレクションのあの絵が欲しいというように。その場合、その絵を手に入れる方法を探し出します。また、顧客にとって一生物になりそうな珍重な作品を見つけて差しあげることもありました」

ヒムラーは手帳をめくり、先端に髑髏のついた銀製のしおりを挟んだページを開いた。

「では、一九三九年にスペインで何をしていたのか詳細を聞かせてくれ」

「内戦下にあるコレクションの鑑定をおこない、名画を集めて、戦火から守ろうとしていました。ほとんどは国外へ避難させましたが……」

どうやらヒムラーは何か特別な用事があるようだ。エリカの予後や四つのスワスティカについて訊くだけなら、わざわざ専用機に同乗させたりはしないだろう。

「先ほど新たな方針について話したが、アーネンエルベの本分を見失ってはいけない。それは、明らかにドイツの文化に帰属するものを残らず探し出して保護することだ。戦争の終結と同時に、われわれはヨーロッパ全土に大ゲルマン帝国を築く。ゲルマン民族の真髄を表す広大な領域を持つ国家だ」

トリスタンは耳を疑った。

「ヨーロッパだけに留まらないぞ！　現に、全人種の起源はアーリア人、すなわちゲルマン人にある。ヨーロッパ諸民族の退化が劣等人種との混血によってもたらされたのは明らかだ。いずれにしても、アーリア人の芸術家からしか、傑作は生まれない。つまり、優れた芸術作品が発見されれば、必然的にそれはゲルマン人由来のものだということになる。そしてきみには、その真贋を見抜く知見がある。一緒に来てもらったのはそのためだ」

トリスタンは横目で窓外を見た。フォッケウルフの主翼には黒い鉤十字の識別標がなかった。公用機には必ず識別標があるものだが……。長官はお忍びで飛んでいるらしい。イギリス軍機を用心してのことなのか？　飛行目的を味方に知られたくないのか？

「ドクトル・アルフレート・ローゼンベルクを知っているかね？」

ヒムラーが唐突に訊いてきた。

トリスタンは、主だったナチス高官たちの顔を思い浮かべた。しかし、ローゼンベルクなる人物は閣僚やヒトラーの側近の中にはいなかったはずだ。ローゼンベルクと聞いておぼろげに頭に浮かぶのは、新聞で見かけたことのある満月のような輪郭をした男の顔だけだ。ドクトルといっても、その称号は当てにならない。ナチスにおいては、大学で何らかの学問をおさめていれば、それだけでドクトルということになってしまうからだ。

「いえ、知りません」

「アルフレート・ローゼンベルクはわが国でも有数の思想家で、その人種の進化に関する持論はたいへん示唆に富んでおり、フューラーからも一目置かれている」

　ヒムラーがやたらに人を褒めるときは話を割り引いて聞いておいたほうがいい。経験からいうと、相手を持ち上げたあとで貶めるのがヒムラーの常套のやり口なのだ。

「ただ惜しむらくは、彼は理論家であって実務には疎い。開戦以来、彼が活躍できる場は著しく狭められてしまった」

　ざまあみろと、ヒムラーが内心ほくそ笑んでいることは疑う余地がない。

「しかしながら、フューラーが友人を決してお見捨てにならないことは誰もが知るところだ。フューラーはローゼンベルクにある任務を託された。それは、第三帝国の天敵であるユダヤ人とフリーメイソンに関する文献や資料をヨーロッパ中から回収することだった」

　トリスタンは黙って聞いていた。

「ところが、ローゼンベルクは蔵書や古文書だけに留まらず、それがナチスの敵の所有物と知るや、絵画や彫刻をはじめ、あらゆる美術品まで押収するようになった」

「〝第三帝国の天敵〟という言葉が都合よく利用されてしまったようですね……」

　ヒムラーは丸眼鏡の奥で目を細めた。

「まったく越権行為以外の何ものでもない。ただでさえ、ゲーリングによる美術館荒らしに手を焼いているというのに……」

空軍（ルフトヴァッフェ）総司令官の病的な収集癖がよほど癇に障ると見え、ヒムラーは口もとを歪めた。

「……とにかく、これ以上ローゼンベルクの好き勝手を許すわけにはいかない。彼にはまもなく新たな任務が下るが、略奪を繰り返すのではないかと案じられる。味を占めているだろうからな」

そういう誰かさんも血の味を占めているけどな。トリスタンは心の中で呟いた。

「したがって、きみにはアーネンエルベのオブザーバーとしてローゼンベルクの特捜部隊に加わってもらう。部隊の活動について、直接わたしに報告を入れてくれ。回収先と回収の理由、それから、彼らが自分たちのものだと主張する作品の詳細が知りたい。どちらに所有権があるかはわたしが決める」

「畏れながら、長官。向こうがそうやすやすと自分たちの戦利品を手放すとは思えませんが」

ヒムラーは手帳を手に取った。

「一九三九年一月、きみはカタルーニャのモンセラート修道院に行っている。その際に修道院から多くの財宝が持ち去られたことについて、わたしが知らないとでも思っているのかね？」

「つまり、自分は長官よりご所望品の押収を一任されたということでしょうか？」

ヒムラーは立ち上がると、有無を言わせぬ調子で締めくくった。

「任せたぞ。目的のためなら手段を選ぶな」

四

ロンドン
エレファント&キャッスル地区

ローズマリー・ベントンはオーブンを覗き、目の前の奇跡に酔いしれた。一時間かけてじっくり焼かれている脂の乗ったチキンは肉汁もたっぷりに違いない。これを奇跡と言わずして何と言おう。ベントン家のオーブンがこんなに丸々と太ったチキンを迎え入れるのは、実に三か月ぶりのことだ。サセックスの祖母の家に疎開している二人の娘たちがこの光景を見たら、飛び上がって喜んだだろうに。

チキンの皮は黄金色(こがねいろ)を帯びている。あと三十分もすれば、こんがりとおいしく焼き上がるだろう。ローズマリーは満足して頷くと、エプロンを外して居間へ行った。のびやかで心地よい歌声がラジオから流れている。ウォールナットの木目も優美なラジオ受信機は夫からの誕生日プレゼントだ。愛国精神から、周波数は常にBBC放送に合わせている。

《……また会おう

どこで会えるか
いつ会えるかはわからない
でもきっとまた会える
いつか晴れた日に……》

大多数のイギリス人女性と同様、ローズマリーもこの若い歌手のことが大好きだ。ヴェラ・リン——前線の兵士たちからは〈イギリス軍の恋人〉と呼ばれている。ローズマリーはボリュームを上げると煙草に火を点け、居間の鏡の前でポーズをとってみた。まあヴェラ・リンほどではないにしても、自分だってまだまだ捨てたもんじゃない。

《……だから笑っていておくれ
いつものように……》

突如玄関の呼び鈴がけたたましく鳴り響き、歌の第二節がかき消された。ローズマリーは柱時計に目をやった。六時十五分。七時前に夫が帰宅することはない。夫でないことは確かだ。

ローズマリーは通りに面した窓から外の様子をうかがった。ドアの前に若い男女が立っていた。二人とも救世軍[注4]の制服を着ている。ローズマリーは煙草を消し、顔の周りに漂う煙を手で払ってから、ドアを開けた。

「何かご用かしら?」

「こんにちは、奥さん。戦争孤児のための寄付を募っているのですが」

男のほうが答えた。髪も眉もブロンドの美青年で、柔らかそうな巻き毛が天使のような顔を際立たせている。隣の女性は年上らしく、三十手前くらいだろうか。色白で、ボーイッシュな髪形や頬に散るそばかすが活発そうな印象を与える。

「ごめんなさいね……あの……夫が留守で……持ち合わせがないの」ローズマリーは嘘をついた。

「どうかお気になさらずに。今日みたいに寄付が集まらない日もあるんです。こちらがついていなかっただけのことですから」

「この辺りで人が住んでいる家はないわよ。うちくらいなものだわ」ローズマリーは答えた。「去年の爆撃で、この地区の半分が破壊されてしまったから」

「なんだか、うまそうな匂いがしますね」

そう言うと、青年は連れのほうを向いた。

「さあ、行こうか。少し歩けばパブでもあるんじゃないか。喉がもうカラカラだよ。明日にはまた前線に戻らないといけないし」

ローズマリーは罪悪感にとらわれた。

「戦地に行くの？」

「そうなんですよ。第二近衛歩兵連隊所属で、カイロに向けて出発します。でも最後にもう一度、救世軍のお手伝いをしようかと思って……」

「まあ、立派な心がけね！」ローズマリーは感心した。「いいわ……どうぞ中に入ってちょうだい。ビールか紅茶でもいかが。それくらいの用意はあるわ」

「では、お言葉に甘えて温かい紅茶をご馳走になろうかしら。夢みたいだわ……」女性が呟いた。

「僕はビールがいいな！」ブロンドの天使も歓声を上げた。「あの、よろしければお手洗いをお借りしたいのですが」

「もちろん、どうぞ」

ローズマリーは二人を招き入れ、青年に廊下の突き当たりのドアを示してから、女性を居間のテーブルへと案内した。そして、数分足らずで熱湯を注いだシュガーピンクのティーポットとビールを用意した。それらをトレーに載せて居間に戻ると、席に着いた女性がところ狭しと飾りたてられた室内を眺め回していた。その視線が、葉巻をくわえたチャーチル首相の大きな写真の上でぴたりと止まる。

「趣向を凝らしたお部屋ですね。正統派の英国流って感じ。でもごめんなさい、あそこに首相がいるのがちょっと残念。全体の雰囲気にそぐわない気がします」

ローズマリーはカップに紅茶を注ぎ入れた。

「そうなのよね……あなた、お名前は？」

「スーザンです。あなたは？」

「ローズマリーよ。ここに首相の写真を飾ろうと言い出したのは夫なのよ。わたしはどちらかというと、キッチンのほうに移動させたいのだけど……。それより、あなたがたの活動はすばらしいわ。戦争で両親を亡くしたイギリスの子どもたちは本当に気の毒だもの」

「違いますよ。これはドイツの戦争孤児のための募金ですから」遠慮なく紅茶を飲みながら、スーザンが答えた。「ああ、おいしい。……だって、イギリス空軍はベルリンやハンブルクを無差別に爆撃しますからね」

ローズマリーは笑みをこぼした。

「ふふ、あなたって、おもしろいことを言うのね。うちの夫と同じ」

「おもしろいですって？　冗談じゃありません」スーザンは真面目な口調で言った。「本当のことを言えば、ドイツの孤児たちはヒトラーユーゲントに面倒を見てもらっているんです。ヒトラーユーゲントは立派な活動をしています。それでも、孤児の世話をするにはやっぱりお金が必要なんです。まあ、イギリスの同胞に彼らを憐れんでほしいと訴えたところで、なかなか賛同を得られないのが現実ですけど」

「理解できないわ。あなた……本当にイギリス国民なの？」

「ええ、百五十パーセントそうですよ！　あたしが育ったのはヨークシャーの緑豊かな牧草地です。戦前は、愛国主義の政治運動に身を投じていました。聞いたことがあるでしょう？　オズワルド・モズレー卿の黒シャツ隊。あのとき、あたしたちに勝る愛国者なんていなかったわ！」

　ローズマリーは形のよい眉をひそめた。

「モズレー……政治のことはよくわからないけれど、確かナチスとは友好関係にある人よね？　今は刑務所の中にいるんじゃなかったかしら？」

「ええ、名誉を傷つけられたんですよ。ダイアナ夫人も立派なお人なのに、投獄されてしまって。モズレー卿は、イギリスもドイツも愛していました。なのに、忌々しいユダヤ人が引き起こした戦争があのかたを二つに引き裂いたんです。モズレー卿にとっては、父親と母親のどちらかを選べと迫られるに等しいことでした。最終的には祖国の側につくという苦渋の決断を下されたのですが、時すでに遅し……。いわれもない罪で逮捕されたんです。チャーチルとフリーメイソンによる陰謀ですよ。とにかく……現時点で重要なのは、ドイツの孤児たちを支援することで……」

　トイレの水が流れる音がした。ローズマリーは緑の水玉の布巾で手を拭いた。今耳にしたことには嫌悪感しかない。よくもそんな非常識なことが言えたものだ！

「でも、今は戦争中よ。敵のためにお金を集めていいわけがないわ」

「子どもを敵呼ばわりするんですか？　ただドイツ人というだけで？　ずいぶんと心が狭いんですね」

ローズマリーは体を強ばらせた。

「なぜ救世軍がドイツ人のために寄付を募っているのかは知らないけど、あなたたちの考えに賛同する気はこれっぽっちもありません。さっさと紅茶を飲んで、お友だちと一緒に帰ってちょうだい。お友だちのほうは、少なくとも自分の義務を果たそうとしているようだけど」

そのお友だちの青年はいつの間にかトイレから戻ってきて、戸口の脇の食器棚に寄りかかっていた。

「残念ながら、大違いだよ。おたくらの王さまのために戦う気はこれっぽっちもないんでね……」

「おたくらの王さまって……」

「すみませんね。こちとら国王陛下の臣民じゃないもんで」天使が答えた。「さっきの話は嘘っぱちだよ。ねえ、ちょっとラジオを変えていいかな？」

ローズマリーの返事も待たず、青年はラジオの前に屈みこんでダイヤルを回し、周波数を変えた。

「BBCなんてくそおもしろくもない。もっとありがたい放送があるよ」

ヴェラ・リンの声がガサガサという雑音の中に消え、クラシック音楽やジャズが途切れ途切れに聞こえる。続いて、鼻にかかった声が部屋中に流れた。

「ああ、これだ！　世界一の放送局……ラジオ・ベルリン！　ついてるぜ。ちょうど対英宣伝放送の時間だ！」青年は声を弾ませた。


《……親愛なるイギリスの友よ、みなさんがこの偉大なるドイツ帝国においていくばくかでも癒やしの時を過ごすことができれば、どんなにいいことでしょう。ああ、みなさん……ベルリンでの暮らしはなんと快適であることか。通りには塵一つ落ちておりませんし、心ゆくまで食事を楽しむことができます。犯罪者や寄生虫は収容所へ送られ、親衛隊がその本領を遺憾なく発揮し、適切な練成による再教育を施します。最近、フューラーはわたくしに打ち明けられました。両国間のこの不条理な戦争にたいそう心を痛めておられると。アーリア人種の国家でありながら、哀しいかな、民主主義のウイルスに汚染された国、イギリスよ。フューラーはご存じであります。みなさんの多くが、国家社会主義の理想に共感されつつも、同時に、国王に忠実であることを。フューラーは決してこのような……》

ローズマリーは顔を真っ赤にして立ち上がった。

「今すぐBBCに戻して、ここから出ていってちょうだい。わが家では、ナチスの手先、裏切り者のホーホー卿(注5)の放送なんて、絶対に聴きませんから！」

「落ち着いてくれよ、ローズマリーさん。俺たちはただあんたに利口になってもらおうとしているだけだぜ。だが、あんたはすっかりチャーチルどものプロパガンダに洗脳されてしまっているな。フューラーは……」

「何も聞きたくない！　ヒトラーはモンスターよ。早く出ていって！」

ブロンドの天使は悲しげにかぶりを振った。

「幼稚な理屈だよな……。連合国側が善であって、ナチスは悪か。わが祖国ドイツが自ら戦争を求めたことは一度もないのにさ。俺たちが望んでいるのは、人類の幸福だけだ」

「正確に言わなきゃだめじゃない、コンラッド」横からスーザンが口を出す。「あんたが言いたいのは、アーリア人の幸福でしょうが」

ローズマリーは荒々しくドアを指さした。

「出ていきなさい。でないと警察を呼ぶわよ」

「そんなに何度も同じことを言いなさんなって」スーザンが宥めた。「ねえ、コンラッド、ミセス・ベントンがリラックスできるよう、BBCに戻してやりなよ」

ローズマリーは全身から血の気が引くのを感じ、手が震えた。

「どうして……わたしの……名前を？」

スーザンは青年と意味ありげに視線を交わすと、ポケットからブローニング自動拳銃を出し、ローズマリーに銃口を向けた。救世軍の制服を着た人間の手に拳銃が握られているのはなんとも異様な光景だった。歌劇団の踊り子がチェーンソーを振りかざしているようなものだ。

「なぜって、ローズマリーさん、あんたに白羽の矢を立てたからよ」

「お金が欲しいなら、わたしは……」

「あたしたちは強盗じゃないから。じゃあ、ちょっとそこまで一緒に来てもらいましょうか？」

「お断りだわ……」

クラリネットの情熱的で哀愁を帯びた調べが流れはじめた。

「グレン・ミラーの『ムーンライト・セレナーデ』か……。きっとローズマリーさん好みの曲じゃないかな」

スーザンがぎょっとして相棒を振り返った。

「勘弁してよね、ジャズなんて！　どうかしているわ。黒人の音楽じゃないのさ。いったい、あんたは……」

その隙に、ローズマリーはスーザンの手もと目がけてティーポットを投げつけた。相手は即座に発砲したが、弾は逸れ、壁のチャーチルの顔にのめりこんだ。ローズマリーは青年を突き飛ばし、ドアから逃げようとしたが、足首を摑まれて前につんのめった。弾みで結婚祝いに贈られた明朝時代の花瓶のレプリカが倒れる。壁の角に額をしたたかに打ちつけ、頭に突き刺すような鋭い痛みが走ったかと思うと、次の瞬間、ローズマリーの目の前には床があった。

ローズマリーはなんとか体を返して仰向けになった。赤い紗のかかった視界に天使のように美しい顔がぼんやりと映る。天使の手が頬を撫でた。

「ローズマリー……ローズマリー……手を焼かせてくれるなよ」

「誰か来て！　助けて……」もはや声が出ているのかどうかもわからない。

誰かに布で額を拭われている。

「畜生……こんなところに派手な傷を作りやがって」スーザンの声がした。「最悪だよ。大きな傷痕が残らなきゃいいけどさ。きれいなタトゥーを入れなきゃならないのに」

「心配するなって」今度は青年の声だ。「傷の形に手を入れて、スワスティカに見えるようにすればいいんだから」

この二人はいったい何の話をしているのだろうか。ローズマリーは激痛に耐えきれず、懇願した。

「どうか……お願い……」

スーザンが時計に目をやった。

「ずいぶん手間取ったわ。もう行かないと。早いこと絞め殺して、車に運びこもう」

薄れゆく意識の中で、ローズマリーは『ムーンライト・セレナーデ』終盤の躍動する旋律を聴いていた。こんがり焼けたローストチキンの匂いを嗅ぎながら。

五

一九四二年七月
フランクフルト

飛行機を降りると、ヒムラー一行は車に分乗してフランクフルトに向かった。トリスタンは側近の車両に乗るように命ぜられた。隣には参謀部の大尉が座っている。大尉は軍服が体にぴたりとフィットして、仕立屋から出てきたばかりのように見えた。

驚いたことに、空港を出てからも道中ずっと異例の厳戒態勢が敷かれていた。町にさしかかると、往来を歩く人の姿はなく、道々に非常線が張られ、親衛隊がパトロールをしている。トリスタンは隣の大尉に尋ねた。

「住民はどこに行ってしまったのですか?」

「保安上の理由により、家から出ないよう命じられています」

「親衛隊長官が通るので、人払いをしたということでしょうか」

丁寧に髭を切りそろえた口もとをすぼめると、大尉は声を潜めた。

「実は人づてに聞いたのですが……」

トリスタンはそれ以上詮索するつもりはないかのように窓に寄りかかった。情報を聞き出そうと思うなら、こうするのが一番だ。

「……フューラーがフランクフルトにお越しになっているのです」

「市民の前にはお出にならないのですか？」

戦前のプロパガンダ用の映像で、行く先々で民衆の熱狂に迎えられるヒトラーの姿を見たことがあるだけに、トリスタンは意外に感じた。

「非公式の訪問ですから」

モスクワを前にしてドイツ軍が後退してからは、ヒトラーの人気に陰りが見えはじめている。大衆の歓声に迎えられなかった場合を危惧して、あえて非公式にしたのではないだろうか。

トリスタンが黙っていると、大尉はさらに声のトーンを落として話を続けた。

「フューラーはローゼンベルク研究所の視察にいらしたようです。ドクトル・ローゼンベルクはフューラーの古くからのご意見番の一人であり、党公認の理論的指導者とされています。ただ、残念ながら、要職に就くことはあっても、フューラーのお役に立てるような〝実績〟を残せずにいるようですが」

なるほど、ヒムラーから聞いているとおりだ。トリスタンは口を開いた。

「しかし、フューラーがその……研究所とやらを訪問なさるのであれば、ドクトルにとってこの上なく名誉なことのように思われますが」

大尉は内幕に通じているらしく、肩をすくめた。

「いやいや、これは一側近の埋葬に過ぎませんよ。フューラーはローゼンベルクの未来の、墓の除幕式に立ち会われるのです。彼はフューラーから見限られたのです」

「ルドルフ・ヘスのように？」

それを聞いたとたん、大尉はシートから飛び上がりそうになった。

「その名は二度と口にしないでいただきたい。裏切り者の精神異常者ですぞ！」

トリスタンは口をつぐんだ。ヒトラーのかつての取り巻きたちが、一人また一人と表舞台から去っていく。イギリスに単独で乗りこみ和平交渉をするつもりでいたヘスは、ロンドンで囚われの身となり、ローゼンベルクは地方の研究所というめっきを施された独房に閉じこめられ……。残るは、ゲーリング、ゲッベルス、ヒムラーか。さて、次は誰の番だろうか？

「ドクトル・ローゼンベルクの経歴をご存じですか？」

「知っているなんてものではありませんよ。なにせ長官直々にご用命を頂き、ドクトルの経歴書を作成したのはこのわたしですからね」

トリスタンは相手の虚栄心を素早く見抜いた。さらに情報を引き出すには、とにかく賛辞を惜しまないことだ。

「そうでしたか。大尉殿は博学多識で、なんでもご存じなのですね。自分もあやかりたいものです。ドクトル・ローゼンベルクについてもお詳しいのでしょう」

「本人以上に知っていますよ」

大尉はアリアを歌うプリマ・ドンナのごとく大きく息を吸いこむと、滔々と語りだした。

「何にも増して、ローゼンベルクはバルト人です。バルト人とは、まあ要するに、ドイツが優勢であるときは自らをドイツ人だと主張するロシア人であり、ロシアが強大になるとロシア人を名乗るドイツ人のことです」

「風によってクルクルと向きを変える風見鶏のようなものですね？」

「まさしく。一九一八年まで、鶏は東を向いていました。若きローゼンベルクはモスクワで建築の勉強をしていたのです。しかし、本人は一九一七年の革命を機にロシアから逃げてきたと公言している。共産主義国家となった祖国を実際に去った時期と一年以上の隔たりがあるのです。おまけに、彼にはいかがわしい連中との交流があった」

「ボリシェヴィキではなくて？」

「それどころか、驚くなかれ、共産主義社会を黙示録にあるキリストの千年王国の真の姿と考える狂信家たちの集団です。ツァーリ在位中、その側近に預言者や救世主(メシア)と称する者たちがいたことはご存じでしょう」

「影響力のあるサークルだったのですか？」

「さあ、今となっては知る由もありません。スターリンに粛清されてしまいましたから。しかし、ローゼンベルクはその集団の神秘思想をなおも信奉し続けていたと思われるふしがあります。そのうえ、ミュンヘンにいたときはトゥーレ協会の会員でもありました」

トリスタンは何も言わないでおいた。ヘスやヒトラーも通ったというトゥーレ協会は、ナチスの前身であった政党を後援していたはずだ。

「ローゼンベルクがトゥーレ協会の会員であったことには、ヒムラー長官も並々ならぬ関心を持たれています。とにかく、彼がミュンヘンにいたことは事実ですし、ロシア革命についても詳しい。共産主義との闘争における専門家として、著書や講演は多数に上ります」

「何もそれはドクトル・ローゼンベルクに限ったことではありませんよね。当時のドイツは国威を発揚するように反共主義を盛んに謳っていましたから」

トリスタンが指摘すると、大尉はもったいぶった様子で口髭を撫でつけた。

「ええ。しかし、彼の場合は違います。〝赤い病魔〟の起源について独自の理論があり、それがフューラーの関心を引くことになるのです」

気づけば、一行の車は町の中心部を抜け、高木の立ち並ぶ公園沿いを進んでいた。時おり木々の合間から集合住宅の艶を帯びた瓦屋根が見える。大尉は顔を近づけると、さらに小声で話を続けた。

「ドクトル・ローゼンベルクは、共産主義の出現について、熱にうかされたマルクスやエンゲルスの頭脳から生まれた単なる思想体系であるとは考えていません。共産主義は麻薬だというのです。一民族によって周到に用意され、ばらまかれた危険な害毒であると」

ロシア共産主義の誕生についてはいろいろな解釈を耳にしてきたが、これまた斬新奇抜な説だ。

「麻薬……ですか?」

「これは自然発生的な現象ではありません。階級闘争といった社会的軋轢や、プロレタリアートに対する搾取といった経済的理由から生まれたものではないのです。共産主義は、邪悪なユダヤ人が西洋文明を破壊するために作り出した猛毒なのです」

さしものトリスタンも驚きを隠せない。大尉の講義はさらに続く。

「つまり、ローゼンベルク曰く、共産主義はユダヤ人によって考案され、ユダヤ人によって準備され、ユダヤ人によって実現されたユダヤ人の産物だというわけです」

トリスタンは返す言葉を失っていた。

「しかし、ローゼンベルクの説でもっとも興味深いのは、その結論です」

先頭車両が、彫刻の施された巨大な正門の前で停車した。パレード用の制服を着た親衛隊員が、武装して立っている。

「つまり、われわれがいくら共産主義と闘って、軍事的な勝利を収め、スターリンをクレムリンの天辺から吊るしたとしても、それらは何の意味もなさない。一人でもユダヤ人が生き残っている限りは……。おわかりですか?」

トリスタンは車を降り、ほっと息をついた。大尉からとんでもない愚論を聞かされて頭に血が上りそうになっていた。だめだ、こんなときに冷静さを欠いてはまずい。

見ると、ヒムラーが側近をぞろぞろと引き連れて巨大な門を潜ろうとしている。トリスタンもすぐそのあとに続いた。小径の先には、貴族の館のような立派なファサードがどっしりと構えている。いつの間にか、口髭を念入りに整えた大尉の姿は消えていた。おそらくは目立とうとする意識から、側近の輪の中心に潜りこんだのだろう。いずれにせよ、大尉から得たローゼンベルクについての情報は役に立った。あの満月のような顔の男は予想以上に危険な人物のようだ。ことにその悪しき思想が周囲に与える影響を思うとぞっとする。

ヒムラーが立ち止まった。いつものように踵を打ち鳴らす音が庭園に響く。階段の上にヒトラーが現れたのだ。その横には、青白い顔色とは対照的な黒いスーツに身を包んだ人物がいる。アルフレート・ローゼンベルクだ。肉付きのよい顔にはいかつい表情が浮かび、目の下は落ち窪んで隈を作っている。あたかもローマ帝国衰退期の神秘的で残忍な皇帝を思わせる。

自分に一斉に向けられたナチス式敬礼に、ヒトラーは機械的な動きで応えた。この暑さにもかかわらず、目深に被った制帽の陰になって、その表情をうかがい知ることはできない。唯一覗いている口髭も心なしかいつもより灰色がかっている。

　さて、こいつは本物だろうか……。

　トリスタンはヒトラーをじっと見つめた。ドイツのいたるところで風説が流れている。ここ数か月、公の場に姿を見せているのはヒトラーの影武者だというのだ。しかも、影武者は何人かいて、いつでもすり替われるように待機しているらしい。さらには、こんな噂までまことしやかに囁かれている。閣僚をはじめとする有力者たちにも影武者がいて、本物のヒトラーが突然統治不能に陥った場合に備えているのだと。トリスタンはふと想像してみた。ゲッベルスが吼えまくって自らの影武者に演説での豹変ぶりを叩きこむ一方で、ゲーリングが影武者にガチョウ足行進の調教をしている……。まさに見世物小屋の動物たちではないか。

「総統閣下、お待たせいたしました。これより研究所を案内させていただきます」ローゼンベルクが告げた。

　最初の部屋は、天井がガラス張りのドームになっている大きなロタンダ（円形広間）で、壁の全面がぎっしりと本に埋め尽くされていた。テーブルの前には手帳を手にした司書たちが一定の間隔を置いて立っている。どんな些細な要望にも応えるべく控えているベルボーイやコンシェルジュを見るようで、トリスタンはホテルのロビーにいるような錯覚を覚えた。ローゼンベルクが説明を始めた。

「こちらには、ユダヤ人問題についての考察の根拠となった古今東西の書物が揃っております。哲学者、神学者、医師、民族学者、人類学者、科学者、思想家といったあらゆる分野の人間が、ユダヤ教やユダヤ民族についての書物を著しております。唯一無二のコレクションでございます」

ヒトラーは黙っている。ローゼンベルクの演出は、どうも不発に終わったらしい。

「どなたか、ご質問はありませんかな？　親衛隊長官、いかがでしょう？」

ヒムラーが顔を強ばらせた。発言を強制されるのがおもしろくないのだろう。しかもフューラーの面前ときている。

「ローゼンベルク殿、確かにこちらのコレクションは比類なきものでしょう。しかしながら、当方の研究機関アーネンエルベには、最高水準の専門家集団がおります。わたしは書物よりも人間を信じたい。少なくとも、わが専門家集団が正直であることは確かです。それに引き換え、こちらの書物のほとんどはユダヤ人が著したもののようですが……。そうでないものはどれほどありますかな？」

もとより血の気のないローゼンベルクの顔が蒼白になった。

「敵を知るには、まず……」

「……トーラーを大量に集めないことには始まらない、ですかな？　もちろん、ヨーロッパ中から押収してきたフリーメイソンの古文書も必要でしょう。なにしろユダヤ人とフリーメイソンは西洋文明に巣食う二つのウイルスですから……。もし親衛隊の制服を着用していなかったら感染していたのではないかと思うと、ぞっとしますよ……」

ヒムラーの毒舌にどっと笑いが起こった。これでローゼンベルクに対しヒムラーが一気に優勢に立った。

「絵が見たい」

ヒトラーのしゃがれ声に一同は秩序を取り戻した。

「承知いたしました。閣下！」

さっそくローゼンベルクが先導する。トリスタンはローゼンベルクが素足のまま靴を履いていることに気づいた。どうやら身だしなみには無頓着らしい。だが、これはなにもローゼンベルクに限ったことではないのだ。ナチス高官の中にはこのように無粋な輩がいて、トリスタンはそれを何度も目の当たりにしてきた。彼らは身の丈に合わない制服、つまり、分不相応な肩書きを与えられ、その多くが慎重さを欠いていた。それに比べ、ヒムラーには隙がなかった。次々とあてがわれた役職の制服をしっかりと着こなしてきている。ヒトラーに出会う前は破産寸前の養鶏業者だった男は、ナチズムの腐敗した土壌で有毒の黒いバラとして開花したのだ。

「こちらの部屋には」ローゼンベルクが解説する。「ユダヤ人どものコレクションから回収した優れた作品ばかりを揃えております。こちらはルーベンスの傑作でして……」

ヒトラーは顔を寄せてルーベンスを見たが、何も言わずに次に進み、小さな二枚の絵画の前で立ち止まった。そちらの二枚は気になるらしく、顎をしゃくって説明を促す。

「こちらはジェリコーの『メデューズ号の筏(いかだ)』のための習作です」

フューラーがお気に召した作品を一目見ようと、一同が集まる。順番が来て絵を見るなり、トリスタンは思わずあとずさった。灰色のテーブルクロスの上に解体された腕が並ぶ。切開された皮膚から紫に変色した筋肉と垂れ下がった神経が剝き出している。

「メデューズ号の乗組員の死体をできるだけ正確に描くため、ジェリコーは解剖室に行って切断された人体をスケッチしたのです。さらに、腐敗の各段階における色の変化を観察するため、いくつかの部位を助手たちに保存させていたということです」

説明の最後の部分で、ローゼンベルクはわざとらしくヒムラーを凝視した。ヒムラーには血を見ると気分が悪くなるという弱点があることを知ってのことである。これでヒムラーが目を回そうものなら、ローゼンベルクとしてはしてやったりというところだが、それに先んじてヒトラーが振り返った。

「ドクトル・ローゼンベルク、今後はこれまでの二倍働いてもらわねばならないぞ！　よいか、わたしは故郷のリンツに世界最大の美術館を建設するつもりだ。それこそドイツの真髄を全世界に知らしめる輝かしい証となるに違いない」

たちまち拍手がわき起こった。フューラーのその並々ならぬ自信も、その先見の明も、やはり少しも損なわれていないようだった。何彼に付け世界規模で物事を捉える驚異の天賦の才は、なおも健在であったのだ。

「閣下、史上最高のすばらしいお考えです。その美術館を現実のものとすべく、わが特捜隊が総力を挙げ、大西洋からウラル山脈にいたるまで絵画や彫刻を収集してまいりましょう。ここにお誓いいたします」

その場にいる者たちは熱狂し、声を限りに「ハイル・ヒトラー」を繰り返す。ローゼンベルクの顔は勝ち誇ったように輝いていた。ヒトラーがその手を取り、がっちりと握り締めた。

「親愛なるローゼンベルクくん、この壮大な計画を実現させるには、きみが全ドイツにとってなくてはならない存在であることは間違いない」

再び拍手喝采が起きようとするのを、ヒトラーは片手を上げて制した。

「ここから先は、わたし抜きで見学会を続けてくれ。わたしは親衛隊長官と話がある」

六

一九四二年七月
ロンドン
ブロードウェイストリート
MI6本部

「大失態も大失態だ！」

スチュワート・メンジーズ大佐は、床に視線を落としたまま執務室を歩き回った。金ピカの額縁に収まったネルソン提督の鋭い眼（まなこ）がそれを見下ろしている。英国情報局秘密情報部、通称MI6の長官は明らかに苛立っていた。

「海軍情報部のフレミング中佐の報告書を読んだぞ。ヴェネツィアの作戦は無様な結果に終わったな」

マローリーはチェスターフィールドソファに腰掛けて、ゆっくりとパイプをふかしながら、憤る相手をただ黙って眺めていた。MI6長官から前年に実施された作戦について分析をおこないたいとお声がかかり、こうして馳せ参じたわけだが、どちらかと言えば、出頭を命じられたようなものだ。要は、失敗に終わった作戦の責任の所在、それをはっきりさせたいということなのだろう。

ブロードウェイストリートの一角、セント・ジェームズ・パークの裏手にあるＭＩ６の本部へ向かう道すがら、マローリーはこの面談が荒れることを予想していた。だが、何が何でもＭＩ６とは良好な関係を維持しておく必要がある。ＳＯＥ上層部からの命令だ。この二つの組織はこれまでもたびたび衝突しており、内輪揉めを鎮めるべくチャーチル首相自らが介入したこともあるほどなのだ。

ヴェネツィアでの作戦は、三つの諜報機関による合同作戦だった。地中海での作戦を仕切る海軍情報部。対外作戦を統括し、ヒムラーおよびムッソリーニの暗殺計画に踏み切ったＭＩ６。そして、極秘任務を帯びたＳＯＥの三者だ。各機関の責任者は、それぞれフレミングの報告書を受け取っていた。

「暗殺計画が水泡に帰したばかりではない」メンジーズ大佐がまくし立てる。「ヴェネツィアに構築したわれわれの情報網が危険に晒されている。おたくのエージェント００７まで消息を絶ってしまった！」

「マルカスといいます」マローリーは答えた。「番号ではなく、名前で呼んでいただきたい。そもそも、この作戦の本来の目的は、二人の独裁者の暗殺ではありませんでした。わたしがヴェネツィアに特殊部隊の派遣を要請してから、暗殺計画が後付けされたのです」

「ああ、フレミング中佐が〝戦略兵器的物体〟と表した謎の物体をヒトラーから奪取しようとした作戦のことかね。詳しく説明してもらおうか」

「そちらの情報については、首相が指定する特定秘密事項に分類されています。お話しできることはありません」

「どうせS局のやることだから、奇矯な作戦には違いない。聞いているぞ。ストーンヘンジでお祭り騒ぎを繰り広げてきたそうじゃないか。まったくわが耳を疑ったよ。もとよりSOEは奇人変人の集まりだと思っていたが、おたくのセクションはまったくわけがわからん」

「あれはいわゆる心理作戦の一つです」

ソファに座ったまま、マローリーはメンジーズ大佐をじっと見た。向こうは相当に疑り深い。そんな人間を相手に、S局は自由世界を救うと思われる不思議なスワスティカを手に入れるために起ち上げたセクションなのだと説明したところで無駄だろう。女衒に貞操観念を説くのと変わりない。面談が長引かないことを祈るのみだ。

「まだほかに話があるのでは？　わざわざ非難を浴びせるためだけに、わたしを呼んだのではないでしょう……」

メンジーズ大佐はマローリーの横に腰を下ろすと、口調を和らげた。

「われわれはみな、目指すところは同じだからな。率直に言うよ。そちらで探している怪しげな物体のことは別にどうだっていいんだ。わたしが知りたいのは、きみのところの有能なエージェント、マルカスについてだ」

「なるほど、ようやく本題に入ったようですね」

「現在、ドイツに潜入しているわが国の諜報員はほんのわずかだ。かつての共産主義シンパによるスパイ網を現地に敷いているソ連とは比べものにならないくらい少ない。そんななか、ドイツでヒトラーに次ぐ実力者、ハインリッヒ・ヒムラーの懐に潜りこむことに成功したエージェントがたった一人いる。そう、きみの部下だ。彼は今どうしている？」

「ヴェネツィアを最後に連絡が途絶えています。身元が割れてしまったかどうかもわかりません。本当です。あなたに嘘をついてもしかたないですから」

「ほう、お笑い種だな。諜報員が嘘をつかないだと？　そんな言い訳は無用。ペンギンに手袋を与えるようなものだ。われわれは嘘をつくのが商売だ。敵を欺き、家族を欺き、そして、同僚さえも欺く」

マローリーはおもむろに立ち上がった。話を切り上げるなら今だ。

「これ以上お話しできることはありませんので」

「きみの上官に掛けあうこともできるんだぞ」

「どうぞ。ＭＩ６がいかに優れた組織であっても、こちらに報告の義務はありません。ＳＯＥの報告を受けるのは首相のみと決まっています」

メンジーズ大佐はマローリーをじっと見据えた。

「きみが知っておいたほうがよい情報をこちらで摑んでいるとしてもか？　しかも、それがきみの生死に関わることだと言ったら？　どうだ、われわれともマルカスの情報を共有しておいたほうがよくはないか？」

「わたしの生死に関わるとは？」

大佐は机から赤い厚紙の紙挟みを取り出し、マローリーの前で開いた。

「司令官、これはきみ個人に関わる内容だ。一言で言えば、きみの殺害計画だ」

マローリーはGC&CS（政府通信本部（注6））のレターヘッドのついた文書に目を通すと、平静を装ってそれを相手に返した。

「この情報は信憑性のあるものですか？」

「もちろんだ。知ってのとおり、ブレッチリー・パークにあるわれわれの通信拠点では、日夜敵方の通信を傍受し、解読をおこなっている。ヒムラーの官房から送られた通信文の中に、きみの名前が出てきた。昨年五月にプラハで暗殺されたハイドリヒの後継者、RSHA長官のエルンスト・カルテンブルンナーに宛てられたものだ。どうもヒムラーはきみに関する詳細情報を集めるように指示しているようだぞ」

「それだけでは、連中がわたしの首を狙っているという証拠になりませんが」

「しかし、SOEで考古学研究を担うS局の責任者であると特定されてしまったことは、きみにも察しがつくだろう」

「ヒムラー長官直々のご指名ですか……身に余る光栄です。お知らせくださり、ありがとうございました」

「話はまだ終わっていない。今回の件から、連中がマルカスを逮捕し、拷問したことも考えられる。そこからきみの存在が知れたのかもしれない」

マローリーは首を傾げた。

「仮にそうであれば、部下に情報収集を命じるまでもないでしょう。マルカスにすべてを吐かせれば済むことです。いずれにせよ、こちらでも用心します」

「もしも……もしもの話だが、自分の身に万が一のことが起きたときのことは考えておいたほうがいい……。もちろん、そうならないことを願うが……。マルカスを帰還させるには、どこに手を回せばいいのか？」

「もしもの場合でも、ご心配は無用です。マルカスの活動については上の者が把握しています。大佐が気にかけてくださっていることは伝えておきましょう」

「それはありがたい。せいぜい気をつけてくれたまえ、司令官」

建物を出たところで、マローリーはベンチに座っているロールの姿を認めた。いつもの仕事着からレインコートに着替えているが、それがよく似合っている。

「お疲れさまです、司令官。消化器は手に入りましたか?」ロールがいたずらっぽく尋ねた。

「なんだって?」

ロールはMI6が入っている白い石造りの建物を指さした。

「入口の看板に書いてありますよ。〈ミニマックス消化設備〉って……」

「イギリス流のユーモアか。まあ、MI6の友人たちと火消しに努めてみたが、果たして鎮火したかどうか……」

「どうかされたんですか?」

マローリーはその場に佇み、鉛色の空をじっと見つめた。ロールは上官が浮かない表情をしているところをはじめて見た。

「幽霊でもご覧になりました? モイラ・オコナーの新たな犯行による犠牲者の幽霊だったりして」

「やはり、きみはあの女の犯行を疑っているのか」

「敵と戦う覚悟はありますし、ナチスの下衆どもの息の根を止めることも厭いません。でも、殺人鬼の正体を知っていながら犯行をみすみす許してしまうことはできません。司令官はそれでよくお休みになれるものですね」

「ああ、よく眠れたためしはないな。もう長いことね。ちょうどよかった。きみに知らせようと思っていたところだ。先ほど、ロンドンの主任検死官のパーチェス先生に連絡を入れておいた。最近発見された変死体を検死してもらい、モイラがタワーハムレッツ墓地に遺棄した死体との類似点について見解を聞くことになっている」

「それって、本当ですか？　司令官のおっしゃることは信用なりませんからね」

「ひどい言われようだな。嘘だと思うなら、きみも一緒に来たまえ」

「じゃあ、そんなに暗い顔をされているのは、検死に立ち会わなければならないからですか？」

マローリーは首を横に振った。

「いや……ＭＩ６の長官から警告を受けたのだ。ナチスにわたしの存在を知られたらしい。おそらく、向こうはＳ局の存在についても摑んでいる。どうやらわたしは狙われているようだ。それも、ヒムラー自ら暗殺を企てているという」

ロールは青ざめた。

「ということは、トリスタンの正体もばれてしまったんですね！」

「いや、そうではないと思う。わたしが懸念しているのは別のことだ。自分がいかに傲慢であったかを思い知らされたよ。自分は不死身だと思いこんでいた。自分に万一のことがあった場合、どういういきさつで『トゥーレ・ボレアリスの書』とスワスティカの探索にこの身を投じることになったのかを知る者がいなくなる」

マローリーは鋭い眼差しでロールを見定めるように直視すると、大きく息を吸った。

「わたしが頼んだら、一緒に家まで来てくれるか？　一人で抱えておくわけにはいかない秘密がある」

「ええと……それは場合にもよりますけど……春画とかそういう類のものを見せるということじゃありませんよね？」

「いやいや、心配ない。わたしはもう歳だ」

「はいはい、さっそく嘘をつきましたね。男の人はいくつになってもその手のことがお好きのようですから」

マローリーがギロリと睨むと、ロールは手をひらひらさせて打ち消した。

「冗談です。司令官のことは信じています。でも……」

「なんだ？」

「休暇届にサインしてくださいましたよね。今晩、さっそく外出するんです。三か月ぶりに」

「わたしが甘すぎたようだな……」

マローリーの頼みにロールは明らかに乗り気ではなかった。

「少しは息抜きさせてください。友だちと出かけることになっているんです。久しぶりに楽しい夜を過ごしたいんです」

「わたしとトリスタンの本来の縁について知りたくはないかね？」

三十分後、ロールはマローリーのアパートの居間にいた。上官の住まいはケンジントンの赤レンガ造りの建物の三階にあった。まさか本当に司令官の家にお邪魔することになるなんて……。室内を見回しながらロールは独りごちた。そこら中に男の独り暮らしの侘しさが漂っている。女性の影はみじんも感じられない。簡素で実用性一辺倒の部屋は、ときめきなどとは縁のない生活を映していた。部屋にあるものといえば、壁に掛かったクフ王のピラミッドの絵、鼠色のソファ、テーブル、ライティングデスクくらいなものだ。唯一書棚だけは賑やかで、収まりきらない本の背表紙があちこちから飛び出している。

キッチンから出てきたマローリーは、栓を抜いたワインの瓶とグラス二脚を手にしていた。

「一九三三年のサン・テミリオンですか」ロールはヒューッと口笛を鳴らした。「司令官がワイン通だったとは知りませんでした」

マローリーはわずかに口の端を上げて微笑んだ。

「ワインはなにもフランス人のためだけのものではない。イギリスがワインに果たしてきた役割は大きいぞ」

そう言うと、マローリーはクフ王のピラミッドに近づき、絵を壁から外した。その下に隠れていたのは小さな金庫だった。三つあるダイヤルを回すと、鋼鉄の扉がカチッと音を立てて開いた。マローリーは、中から紐で結わえた緑色の紙挟みを取り出し、挟んであった紙の束を差し出した。

「MI6の帝王に拝謁したことは、少なくとも無益ではなかったようだ。わたしが死んでも、これで『トゥーレ・ボレアリスの書』にまつわる真実が闇に消えることはなくなるからな。SOEのファイルには載っていない情報だ。きみにこれを読んでもらいたい。わたしの友人の日記の一部だ。もうずいぶん前に亡くなっているが、フランス人の親友だ」

「なんとおっしゃるかたですか?」

「ポール・マルカス。トリスタンの父親だよ」

ロールは動揺を見せまいとした。

「彼のお父さんとお知り合いだったとは。司令官には驚かされてばかりです」

「二十年以上も前のことだ。先の大戦のさなかに知りあった」

ロールはソファに身を任せると、ワインをゆっくり味わいながら、最初のページに目を通した。日記は詳細に丁寧に綴られていた。

ポール・マルカス中尉の日記――

一九一七年五月十日　シュマン・デ・ダームにて

こうしてペンを執るのは実に十日ぶりか。あの出来事を文字にして残すべきか、ずいぶん迷った。この日記が上官に見つかれば一巻の終わりだ。敵と内通していたかどで告発される。自分ばかりか、イギリス軍の友人、マローリー中尉までも。自分もマローリーも銃殺刑だ。西部戦線の激戦地を戦い抜いて授与された勲章も何の意味もなさないだろう。ドイツ人と通じれば、死をもって罰せられるのだ。

だが、神のご加護があってこの泥沼の戦いを生き延びることができているのだから、やはり書き残しておきたい。それほどまでに、あれは驚くべき経験だった。すべての始まりは九日前に遡る。わが部隊はエーヌ県の小村、R村に攻め入った。南から回って敵の戦線を回避し、ヒンデンブルク線を攻撃するという参謀部の計画の一環である。イギリス・フランス連合軍とドイツ軍の陣地の奪い合いにより、村は気の毒にも両軍の爆撃に晒され、村人たちはとっくに逃げ出していた。どちらを向いても廃墟が広がるばかりだった。

銃剣を手に接近戦を試み、壮絶な戦いを制してドイツ軍より村を奪還したが、またもや哀れな兵士の屍の山を目にすることになった。気が滅入るなんてものではない。路上のいたるところに死体が転がっている。その大半が若者だった。安全地帯から出ることのない将軍からの指図で、はじめて踏み入る異国の荒れ果てた村。陣地を守ろうとして命を散らした若者たちだ。

この日は、第八銃騎兵隊の連絡将校を務めるマローリーと一緒だった。第八銃騎兵隊は二か月前からわが隊の支援をしている。マローリーとは、ナンシーのロッジで開かれた英仏合同の集会で出会った。われわれがフリーメイソンであることは、この先も伏せておかなくてはならない。軍の内部にはそれを歓迎しない人間がいるからだ。

空は穏やかに晴れわたり、敵は魔法にかかって一瞬のうちに蒸発してしまったのではないかとさえ思えた。散り散りになった部隊の兵士を一か所に集めたところで一息ついていると、マローリーが興奮した様子でやって来た。部下が打ち捨てられた小さな城を発見したのだという。うまいワインを取りそろえた地下蔵があるに違いないから確かめに行こうと盛んに誘ってくる。ご多分に漏れず、イギリス人のこの男もワインはサン・テミリオン、サン・テステフ、シャトーヌフ・デュ・パプに限るなどと思いこんでいるのだとしたら、それこそ笑止千万。おもしろくなってきたので誘いに乗ることにし、兵士たちに野営の指示をしてから、マローリーについていった。

ロールは日記から目を上げると、上官をちらりと見やった。真面目そうな顔をして、実は無類の酒好きだったとは。ロールは笑みを漏らし、再び日記に戻った。

Ｒ城まではゆうに十五分ほどかかっただろうか。途中の道は大きくえぐられ、最近にも戦闘があったことを物語っていた。死体はないが、半分黒焦げのドイツ軍のトラックが轍にはまり、辺りには燃えたタイヤの鼻を刺す臭いが漂っている。幽霊でも出てきそうな森を回っていった先にＲ城が姿を現した。黒い長方形のどっしりとした造りで中央に塔がある。建物に近づくにつれ、奇妙な感覚に囚われた。正確に言うと、不穏な空気だろうか。戦場で経験する恐怖とは違う、得体の知れないものの。今思えば、歴戦で疲れていたせいかもしれないが、なんとなくあの場所にはただならぬ気配があった。

敵意のある存在の気配が。

七

一九四二年七月
フランクフルト
ローゼンベルク研究所

まだ整備されていないひっそりとした展示室で、ヒムラーはヒトラーと二人きりになった。数十点の絵が裏返された状態で壁に立てかけられ、展示されるのを待っている。ヒムラーはそのうちの一点を表に返して、ヒトラーに見せた。

「セザンヌ、晩年の作品だ」ヒトラーが訥々(とつとつ)と語った。「ピカソが多大なる影響を受けた。キュビズムの描画法の原点は、すべてここにある」

フューラーの絵画に関する底知れぬ知識に、ヒムラーはいつも驚嘆させられる。

「ローゼンベルクに伝えておいてくれ。この手の近代絵画は、わたしの美術館には必要ないとな。こんなものはゲーリングにくれてやるといい。あいつは堕落した近代絵画に目がないからな」

ヒムラーはゆっくりと頷き、賛意を示した。たとえ、モネやルノワールの作品が国際市場で一財産築けるほどの値で取引されていようが、フューラーに同意する。数多いる収集家の中でもアメリカの連中は、破産するのも覚悟のうえで一枚の絵を手に入れようとするとも聞くが……。手にしたセザンヌを慎重に元に戻そうとした瞬間、ある考えがひらめいた。接収した印象派の絵画をすべて集め、スイスで外貨と交換してはどうだろう？　目立たずに手っ取り早く軍資金を作れるのではないか。

運ばれてきた紅茶を淡々とかき回すうちに、ヒトラーの眉間の皺がみるみる深くなっていった。

「ローゼンベルクはヨーロッパでどれくらいの美術品を回収したのかね？」

ヒムラーは手帳を取り出した。

「われわれの調べによりますと、ほぼ二万点です。昨年の三月だけを見ても、フランスで略奪した美術品を残らず本国へ移送するのに、貨車二十八両を接収せねばならなかったほどです」

「個人収集家の美術品か？」

「はい。主にフランスから逃げ出したユダヤ人のものです。ローゼンベルクはフランス政府の鼻先で泥棒を働いていたのです。それに関して、お耳に入れておきたいことがあるのですが。ゲーリング元帥が略奪に手を貸し、一部の美術品をわがものにしておりました。もちろん、特に価値の高いものばかりです」

ヒトラーは口髭を震わせた。

「ヘルマンはドイツ空軍の仕事に精を出すべきではないか！　三か月前、われわれはイギリス軍によるパリ郊外の軍需工場の爆撃に手も足も出なかった。ドイツ軍機は一機たりとも奴らを阻止できなかったのだぞ。ゲーリングは食う、狩る、漁ることしか能がない。あの極楽とんぼめ！　ローゼンベルクと変わりない！」

ヒトラーが閣僚に対して怒りを爆発させるたびに、ヒムラーはきまって同じ手を使った。一貫してその弁護役を演じるのだ。そうすることで、火に油を注ぐ効果があった。

「ローゼンベルクは、閣下とともに歩んできた昔からの同志の一人です。一九二三年、ミュンヘンでのクーデターに失敗して収監された折には、党の指導者を一任なさったではありませんか」

「あれはわたしが犯した最大の過ちの一つだ。何であれ、あんなにわかドイツ人の手に委ねるべきではなかったのだ。ローゼンベルクはバルト人だ。あの手の人間は信用してはならん。肝に銘じておくように」

「仰せのとおりです。しかし、ローゼンベルクは多くの秘密を知っており……」

ヒトラーの目の色が変わり、ヒムラーはひやりとした。言葉が過ぎたようだ。

「どんな秘密かね？」

フューラーは、触れられたくない自身の過去について仄めかされたのだと思ったに違いない。ローゼンベルクとともにトゥーレ協会へ出入りしていた時代のことを……。自ら封印し、公には知られていないフューラーの過去だ。当協会のメンバーのほとんどは、すでに亡命しているか、墓場にいるかのどちらかである。

「閣下、わたくしが申し上げたいのは、ヘスの二の舞は避けるべきということであります」

その名を聞くなり、ヒトラーから怒りが消え、再び政治家の顔が表れた。ヘスがイギリスで捕らえられたことは国辱以外の何ものでもない。これ以上ナチス幹部が離反するようなことがあってはならないのである。

「それで、どうしようというのだ？」

「信頼のおける者をそばに張りつかせるのです。それにより、ローゼンベルクの全行動をすっかり把握することができます」

「なるほど、それはいい考えだ。いつもながら冴えているな、ハインリッヒ」

ヒトラーが立ち上がり、二人の密談は終わった。

トリスタンは一人、見学者たちがいなくなった円形広間に戻った。無作為に棚から埃を被った本を何冊か取り出し、蔵書印を検めてみる。それらから、ほとんどの本がドイツのほか、フランス、ベルギーにある文庫より持ち出されたことがわかった。特に二つの占領地からは明らかに大量の書物が押収されてきたようだ。ここまで大規模なユダヤ人文化やユダヤ教関連の文献コレクションを築き上げるには、相当数の個人蔵書を漁ったに違いない。ローゼンベルクの特捜隊はそれをどのようになし得たのだろう。現地に独自の情報網を持つのだろうか。それとも、ドイツのさまざまな諜報機関からの情報を利用しているのか……。

いずれにせよ、そのうちわかることだ。それよりもまず自分の直感を確かめてみる必要がある。トリスタンは司書の一人に近づいた。褐色の髪の小柄な青年で、前髪は目の上で切りそろえられている。

「こちらの図書室に収集品のカード目録は置いてありますか？」

「もちろん置いてあります。回収場所ごとに分類されていますが、お調べになりたいことでもありますか？」

「一九四〇年以前にドイツで回収されたものを」

「一九四〇年以前でしたら、三つのカードボックスに整理されています。〈フリーメイソンの支部やシナゴーグの附属図書館〉と〈個人蔵書〉、そして〈書店〉です」

最後の言葉を聞いて、トリスタンは口もとを緩めた。

「〈書店〉のボックスを見せていただけますか？」

司書は明るい色の長い木箱をさっと取り出してみせ、てきぱきと蓋を開けた。やたらと張り切っているように見えるが、何歳くらいだろうか？　二十代には違いない。本来ならば、キエフ近郊で銃を手にソ連のゲリラ兵を捜索していてもいいはずだ。なるほど、道理で熱心に仕事をしているわけだ。

「ボックスの中は都市ごとに区分けしてあります。どちらの都市をご覧になりますか?」

「ベルリンを」

司書はカードを四枚抜き出した。首都の割には意外に少ない。確かに、ヒトラー政権発足以降、『わが闘争(マイン・カンプ)』を大量に扱う店は別として、書店業は危険覚悟の商売だったようだ。

「接収された日付はわかりますか?」

「はい。年月日も含め、すべて記録されています」

「一九三八年のカードはありますか?」

エリカから聞いた年だ。

「該当するのは二件ですね。一件目は……ポツダム通りの書店。ユダヤ教のカバラを専門に扱っていました。店主のランドルフ・ヴォルケルは在庫ごと店を手放したようです」

「賢明な判断だ」

「二件目は、インキュナブラや写本など、稀覯本の専門店で……」

「店主はユダヤ人ではなかったですか?」

「どうしてそれを?」

「いや、なんとなく」

「おっしゃるとおり、オットー・ノイマンというユダヤ人です」

急ぎ足の靴音が近づいてきて、二人は入口のほうを向いた。ヒムラーと護衛が戻ってきたらしい。反射的に司書の青年は気をつけの姿勢をとった。

「こちらではカードの控えはとってありますか？」

トリスタンは尋ねた。その間にも黒い制服の集団がどやどやと広間に入ってくる。

「いいえ、なぜです？」

「このカードをいただきたい」

「それはできません。ドクトル・ローゼンベルクの逆鱗に……」

トリスタンは青年に詰め寄った。

「ちょっと小耳に挟んだのですが、間もなくドクトルはこの研究所の所長の座を退かれる。代わりにあなたがたの新しい上司となるのは、わたしの背後におられる、親衛隊の制服をお召しになった洒落た丸眼鏡のおかたです」

司書は怯えたようにヒムラーを見つめた。

「まさか親衛隊長官に逆らうわけにはいかないでしょう……」

「どうぞ、カードをお持ちください」

「ありがとう。もちろん、今の話は口外無用ですよ。あなたのように前髪が長ければ、長官も目にかけてくださるに違いない。きっとその前髪が東部戦線の風に吹かれるのをご覧になりたいと思います。ご質問は？」

「いえ、ありません。決して口外はいたしませんので」

トリスタンはカードを懐に忍びこませた。『トゥーレ・ボレアリスの書』の入手経路を摑んだことは、もちろんヒムラーに言うつもりはない。

八

一九四二年七月
ロンドン
ケンジントン

部屋に焦げたような甘い匂いが広がった。マローリーは書架に寄りかかり、パイプを片手にロールをじっと見つめた。ロールはソファに深々と体を預け、トリスタンの父、ポール・マルカスの戦場日記を貪るように読んでいる。H・G・ウェルズの小説ではないが、タイムマシンに乗って時空を超えた気分なのだろう。謎めいた城に遭遇した二人の若い中尉の傍らに、ロール自身も立っているのだ。

忽然と現れたその城はなにやら妖気を漂わせており、不気味だった。マローリーのほうは何も感じていない様子だ。うまいワインにありつきたい一心で、そのためならドイツの大軍にも立ち向かっていきそうな勢いである。自分は動揺を面に出さないようにした。われわれは正面の石段の前まで来て、まぐさ石に風変わりな紋章が刻まれているのに気づいた。先端が直角に折れ曲がった大きな十字だ。どこかで見たことがある気もするが、どこで見たのか思い出せない。

横からマローリーがスワスティカだと教えてくれた。インドのマドラスやデリーに駐留しているときに目にしたことがあるそうだ。生命のシンボルで、市場の屋台でその形のお護りが売られているという。だが、目の前の十字の紋はとてもご利益があるようには見えない。それどころか、敵意を孕んでいるような物騒な感じがした。

城の扉は開放されていた。焚火をしていた臭いがホール中に充満し、最近までドイツ兵が占拠していた形跡が認められた。わが*アレキサンダー*大王が地下室を掌握せんとするあいだ、自分は二階の検分に当たった。どの部屋にも、家具、絵画、タペストリー、装飾品が一切ない。城は略奪の限りを尽くされていた。ホールに下りてマローリーの名を呼ぶと、声が答えて、地下まで来るように言われた。きっと目的のものを獲得したに違いない。だが、階段を下り、地下蔵に入ろうとしたとたん、気を失ってしまった。目を覚ましたときには……。

ロールは顔を上げた。最後のページはここで途切れている。

居間の時計が静かに時を告げた。

「これで全部ですか？　トリスタンのお父さんが地下蔵で気絶したところで終わっています」

「その先は、塹壕の泥で判読不能でね。ここから先はわたしが話そう。わたしもそこにいたからな……。ポールが書いているように、わたしは先に地下蔵に下りていた。確かにそこには特級畑（グラン・クリュ）のワインのストックがあり、おまけに……男が一人潜んでいた。男はわたしにルガーを突きつけた」

「ドイツ兵ですか？」

「ああ。地下に避難していた将校だった。とっさに《外には自分の分隊が控えている。おまえは袋の中のネズミだ》とハッタリをかましたが、折悪く、ポールの声が聞こえた。すると、ドイツ将校はポールを地下に来させるように要求してきた。《さもなければ殺す》と脅され、わたしはポールを呼んだ。われわれ三人は、地下蔵で睨みあった。将校は、味方が村を奪い返すために新たな攻撃を仕掛けてくると確信していた。それも時間の問題だという。こちらは《それより先に、われわれが戻らないのを心配した部下たちが救出に来る》と反論した。ところが、この睨み合いにケリをつけたのは、たった一つのシガレットケースだった。そのシガレットケースによって、われわれの運命も百八十度転換することとなるのだが」

マローリーはいったん言葉を切ると、ロールのグラスにワインを注いでやった。

「ポールが差し出したシガレットケースの内側には、コンパスと定規、そしてフリーメイソンの所属ロッジ名——パリの〈団結の環（ラ・シェーヌ・ドュニオン）〉が刻印されていた。将校は煙草を一本取り、そこではじめて笑った。彼もまた兄弟（ブラザー）だったのだ。ハイデルベルクの〈三つの王冠（ドライ・クローネン）〉のロッジに所属する……。われわれは木片と古い布切れで即席の松明をこしらえ、その明かりのもとで友愛の杯を交わした。その、なんというか……地下蔵の室温が間違いなく上昇したよ」

　ロールは髪をかき上げた。

「では、反フリーメイソン運動の主張するとおりなんですね。兄弟（ブラザー）同士の絆は、愛国心にも勝るって。たとえ、戦時下であっても……。共産主義者と似たり寄ったりだわ」

「何を言うか！　その言葉をポールが聞いたら、ただでは済まないだろう。彼はフランスのために命を捧げたんだぞ！　わたしは、なにも敵と手を組んだとは言っていない。これにはもっと別の意味合いがある。つまり、戦場で敵方の兄弟（ブラザー）を捕虜にした場合、われわれは最低限の礼節をもって相手に接しなければならないということなのだ。そんなわけで、将校は礼儀正しく自己紹介を始め、オットー・ノイマン中尉と名乗った。職業軍人ではない。ハイデルベルク大学で比較歴史学を教えているという。なぜ城の地下にいたのかわけを訊いた。ノイマンの作業班は武器弾薬庫設営のため、ひと月前から付近で土木工事をしていた。その作業中にノイマンはとてつもない考古学的発見をした。ところが、フランス軍に村を奪い返されたため、その貴重な発見物をこっそり回収しに来たところだったそうだ」

マローリーは紙挟みからさらに四枚の紙を取り出し、ロールに差し出した。

「その続きだ」

われらが兄弟ノイマン中尉が緊張を解いたように見えたそのとき、頭上で凄まじい爆発が起きた。瓦礫が次々と地下室に降ってくる。城が自分たちの上に崩れ落ちてくるかのようだった。すぐにドイツ軍が反撃に出たのだとわかった。ノイマンが木の板で塞がれた地下通路の入口を指さし、ついてくるように合図した。爆発がひっきりなしに続き、走っても、走っても、通路の壁の揺れが収まる気配はない。このまま地下に埋もれて最期を迎えることになるような気がした。

どれだけ走っただろうか。果てしなく続くように感じられた時を経て、われわれはある場所にたどり着いた。あの光景は一生忘れられそうもない。そこは礼拝堂のような空間で、両脇に椅子がずらりと並んでいた。壁には尖頭アーチ形の偽窓が彫られ、城の入口と同じスワスティカの紋で飾られたステンドグラスが嵌めこまれている。

奥には石造りの祭壇があった。燭台の光のもと、その聖堂がキリストに跪いて祈る場所ではないことがわかった。十字架のあるべきところに君臨していたものは、目の細かい縦長の石に刻まれたスワスティカだった。ノイマンによれば、実際には鉤十字（ハーケンクロイツ）というそうだ。坑道を掘り進めているときに偶然この場所を発見したのだという。城はかつて聖地だったところに建立された中世の建造物らしい。おそらくは異端者の手によるものだからか、キリスト教の象徴はどこにも見当たらなかった。

祭壇に近づくと、その上に一冊の書物が置かれていた。かなり古いもののようで、表紙がひび割れている。まるで魔法書のようだった。

『トゥーレ・ボレアリス』という書名であるという。

ノイマンの目は興奮で輝いていた。一方、なぜか自分は本能的に嫌悪感を覚えた。すると、不可解な現象が起きはじめた。堂内の気温が急激に下がった。周囲の闇がいっそう深まる。ロウソクの炎の勢いまで弱まった。まるで見えない氷の手がかざされているかのように。ほかの二人もこの不吉なものの存在に気づいているのだろうか。いや、二人は何も感じていないらしい。マローリーからは疲れのせいだと言われた。

ノイマンは書物に目を通していた。古代の予言がラテン語で書かれているそうだ。四つの聖なるレリック、つまり四つのハーケンクロイツが太古の昔より崇拝されてきた。それらのレリックは、キリストの降誕よりもはるか昔、古代ローマ以前の時代から存在していた。それらには人類の運命を変えてしまう力があるようだ。ノイマン曰く、解読しきれないため定かではないが、悪の手に落ちることのないように、四つのレリックを別々の地域に分散させておくことが、何者かによって決定されていたという。よく憶えていないが、ノイマンの話の中には、テンプル騎士団やら超能力を持つ王たちやら秘密結社についての話題もあった。

ノイマンの話を聞くうちに、自分たちの置かれている状況がいかにも滑稽に思えてきた。砲弾に掘り返され、血の海と化した地上で戦闘が続くなか、偶然か必然か、マローリーと自分はわが道を外れ、一時間前にはこちらに銃口を向けていた敵将校の語りに聞き入っている。まるで子どものように。

轟音がひときわ激しさを増し、再び壁が揺れたかと思うと、落ちてきた石がノイマンに当たった。かすり傷に見えたが、思いのほか出血がひどく、すぐにでも外に運び出す必要があった。そこで、ノイマンに協定を結ばないかと持ちかけた。この戦いでどちらの陣営が勝とうが、われわれは兄弟同士助け合い、負けたほうが捕虜になることは決してないという協定だ。ノイマンはこちらの申し出にすぐに応じた。それもそのはず、とても交渉できるような状態ではなかったのだ。われわれはノイマンを聖堂の外まで連れ出した。その数秒後、聖堂の丸天井が大量の砂埃を降らせながら一気に崩落した。

『トゥーレ・ボレアリス』はノイマンによって外に持ち出された。

ロールはそこでいったん中断した。

「戦争のさなかにドイツ人と協定を結ぶなんて……。わたしならできません。相手に騙されているのではないかと疑ってしまいます」

「いや。フリーメイソン同士で交わされる約束は、トレドの剣にも匹敵する堅牢なものなのだ。少なくとも、このときのわれわれの誓いは真剣そのものだった」

そう語るマローリーの眼差しには一点の曇りもない。ロールは上官から視線を外すと、再び日記を読みはじめた。

城の外では爆撃が再開していた。周囲は一面焼け野原となっている。砲弾が風を切って飛び交い、炸裂する音しか聞こえない。まさに死の交響曲だ。辺りには刺激臭が漂い、熱風に喉や目をやられそうになる。われわれはなんとかR村を目指した。道は消えており、あちこちで大きくえぐれた着弾痕から煙が立ち上っている。まるで天地が怒り狂い、この呪われた場所からわれわれを逃がすまいとしているかのようだった。あるいは、例の書物を持ち出させまいとしてか……。

銃声が何度か聞こえ、目の前にばらばらと人影が現れた。敗走するドイツ兵たちだった。そのうちの一人がわれわれの前に立ちはだかり、ライフルを構えた。

ノイマン中尉はとっさに拳銃を抜いてわれわれ二人に向け、ドイツ兵に銃を下ろすよう命じると、「こいつらは捕虜だ」と言ってのけた。相手は三十手前くらいの男で、顔は青白く、薄っぺらな体にだぶだぶの軍服をまとっていた。兵士は伝令で、部隊間の伝言を運んでいるらしい。いったんはドイツ軍の三個中隊がR村を奪還したものの、フランス軍の反撃に遭い、押し戻されているところだという。ノイマンが「きみは伍長か。名前は?」と尋ねると、兵士は口ごもりながら、アドルフ・ヒドガーだか、ヒグラーだか、そんな名を名乗った。妙なことに、この日記を書いている今もなお、あの痩せっぽちの伝令の当惑したような面持ちが忘れられない。きっともうこの世にはいないのだろうが。

ロールは茫然として顔を上げた。

「まさか、これって……」

「そう、若き日のアドルフ・ヒトラーだ」

マロ―リーが乾いた声で答えた。

同時刻
ロンドン

古びた黒いレンガ壁にもたれ、ブライアン・マクマレー巡査は四角い大粒のチョコレートを丁寧に包みから取り出すと、嬉々として口の中に入れた。チョコレートの風味を余すことなく味わうために、舌の上でじっくりじわじわと溶かしていく。これこそ至高の喜びと言わずしてなんと言おう。若き巡査はやっとのことでほっとした気分になれた。なにしろ四時間かけてショーディッチ地区をパトロールしてきたところなのだ。マクマレーは銀の平打ちの懐中時計にちらりと目をやった。一年前に爆撃で亡くなった母メアリー・マクマレーから贈られたものだ……。間もなく午前零時になる。そうすれば本日の業務は終了だ。あと十五分で派出所に戻れる。戻ったらすぐに体を横たえたい。

モントクレア通りとオールドニコル通りの交差点を渡ろうとしたとき、右手十メートルほど先で物音がした。腐った板が割れるような音と形容すればいいだろうか。マクマレーは音のしたほうにじっと目を凝らした。だが、不審な物は見当たらない。ただ闇が広がっているだけだ。きっと野良ネコかネズミに違いない。

チョコレートの味がまだ舌に残っていた。路地に入ろうとして、マクマレーは足を止めた。路地にはゴミが溢れそうになっているコンテナが犇めいていて、悪臭を放っている。あの臭いが鼻孔に入りこんでしまったら、至福の味わいが台無しだ。マクマレーはため息をつき、テムズ川に向かって直進することにした。川の手前で〈ダドリーズ〉のほうに折れれば、巡回を早めに切り上げられるかもしれない。反対側の歩道に移ろうとしたとき、背後で再び物音がした。今度はガラスが割れるような音だ。振り向きざまに押し殺したような小さな声を聞いたような気がした。

ネズミの鳴き声ではない。

巡査は警棒を抜き、懐中電灯を向けた。

「誰かいますか？」

コンテナに近づくと、何か柔らかい物体にけつまずいた。懐中電灯で照らしてみると、クリーム色のコートを着た人が横向きに倒れている。

また酔っ払いか。マクマレーは閉口した。戦争に突入してから、酔って路上で眠りこむ者たちが急増している。

「すみません！　起きてください！」

マクマレーは呼びかけて、体を仰向けに返した。

目をかっと見開いた女の顔がこちらを見つめる。目の周りには紫の隈、口の端から舌がはみ出ている。編んで冠のように巻きつけたブロンドの髪に、腫れ上がった顔面。額は血で汚れ、懐中電灯の光の下で確認すると、それは蒼白の皮膚に刻まれた鉤十字だった。嫌悪感を押し殺し、マクマレーはコートの裾をめくった。コートの下は何もつけていない。全裸で、その上を乾いた血が幾筋も走っていた。

「ひどすぎる……」

心臓が口から飛び出しそうだった。ハンマーで叩いているかのようにドクドクと鼓動が激しい。警笛を取り出そうとするが、手が言うことを聞かない。死体を間近で見るのは、なにもこれがはじめてではない。ロンドン大空襲(ザ・ブリッツ)の際には、瓦礫に埋もれた犠牲者の捜索に嫌というほど駆り出されたものだ。だが、それとこれとは別の話だ。目の前にあるのは……死体は死体でも殺人事件の被害者の死体なのだ。そうとしか言いようがない。

金属の軋む音が背後で響いた。マクマレーは振り向くと、とっさに脇に飛びのき、ゴミバケツの一撃をかわした。振り下ろされたゴミバケツが死体の上でぐしゃりと潰れる。次の瞬間、マクマレーは脇腹に強烈なキックを食らい、死体の横に転がされた。

頭上で罵る声がした。

マクマレーはやっとのことで立ち上がり、二つの人影が走って逃げていくのを目の端で捉えた。二人は道の角で曲がると、視界から消えた。マクマレーは地面に転がった笛を拾い上げ、ありったけの力を込めて吹き鳴らした。

同僚に知らせてから犯人を追う。それが決まりだ。ところが、足は動かせるはずなのに、精神的なダメージから気持ちがついていかず、力が入らない。それでも、喘ぎながら曲がり角まで来たが、犯人たちの姿を完全に見失ってしまった。マクマレーは膝に手をついて呼吸を整え、再び笛を吹き鳴らした。

頭上で鎧戸が開き、カーラーを巻いた頭が覗いた。

「いったい何の騒ぎなの？」

「警察です。ご心配いりませんので」マクマレーは肩で息をしながら答えた。

「心配ないですって！　だったら、そんな笛を吹いたりしないでちょうだい。みんな起きちゃうじゃないの」

マクマレーは路地に戻って死体の上に屈みこんだ。足音に気づいて顔を上げると、警官が走ってくるのが見えた。

「マクマレーくん、きみか？　どうした？」

スコットランド訛りの強いその声は、同じ地域を警邏するリチャード・ノーレン巡査部長で間違いない。地元の不良たちにも愛のムチをもって教え諭す品行方正なベテラン警官だ。

「ええ、自分は大丈夫です。しかし、こちらのご婦人は気の毒に……。むごいことをするものです」

ノーレンは被害者を覗きこんだ。

「ナチスの殺し屋の仕業と見た。ついていなかったな。犯人を逮捕していれば、巡査部長への昇任と報償金は確実だったのに」

「いつもチャンスをものにできない自分が情けない……。とにかく、犯人は一人ではありませんでした。逃げていったのは二人組です」

そう言うと、マクマレーは死体の周りに懐中電灯を向けた。光線がゴミバケツの近辺を浚（さら）っていく。

「そいつは重要な情報だ」巡査部長が被害者のポケットを探りながら言う。「だが、まずはスコットランドヤードに捜索願が出されていないか確認してもらおう。被害者を特定するものが何もない」

懐中電灯の光が何かをかすめ、マクマレーは手を止めた。それはベージュ色の小さな革のハンドバッグだった。中を探ってみると、配給通帳が出てきた。通帳の顔写真は被害者と見て間違いない。写真の女性はブロンドの髪をふわりとさせ、カメラの前で我慢できずに吹き出してしまったかのように笑っている。

「いえ、その必要はなさそうです」マクマレーは答えた。「被害者の名前は……ローズマリー・ベントンです」

第二部

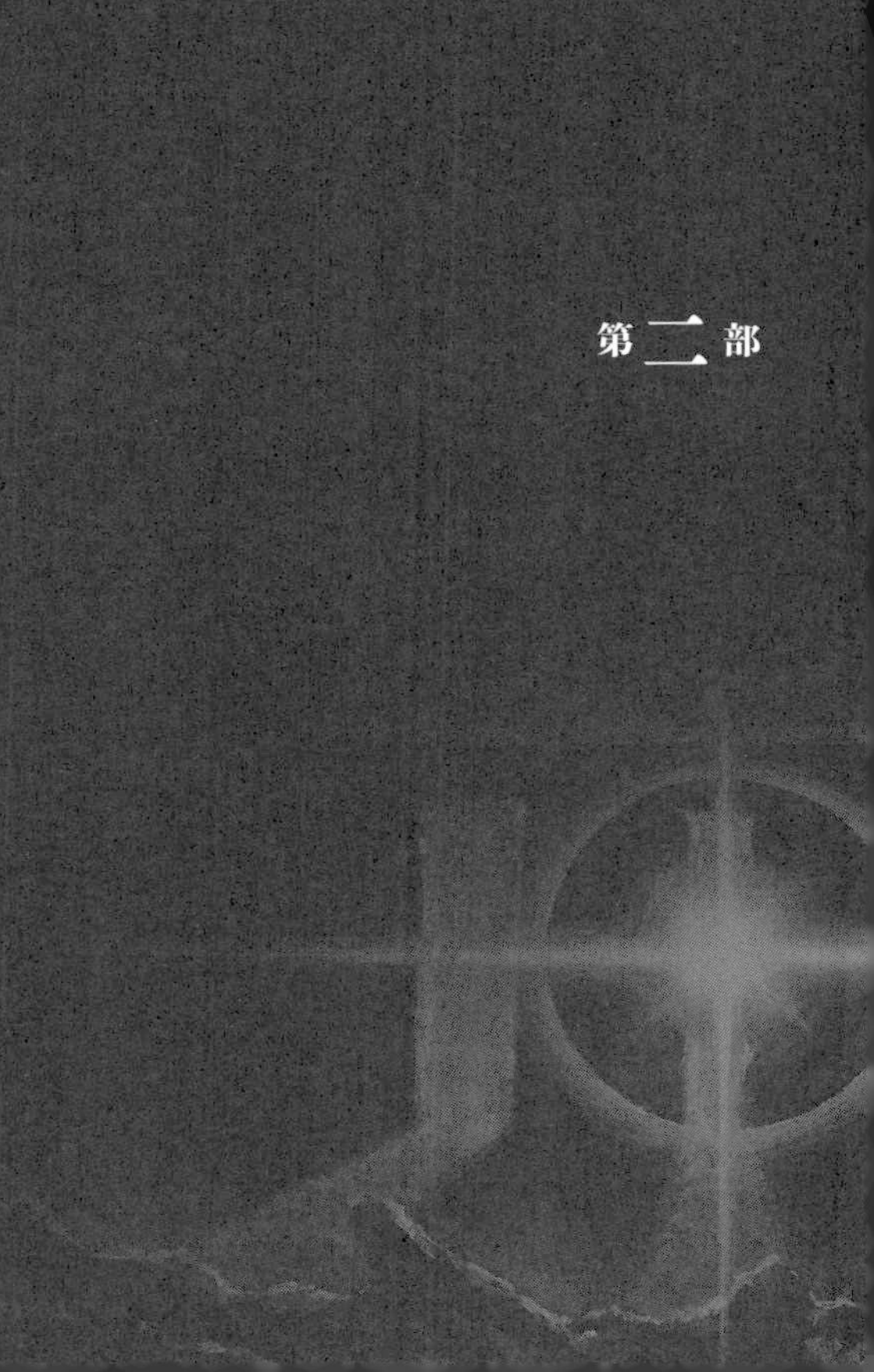

《見よ！　これらは重大な秘儀となる。なぜなら、わが友にも隠者たらんとする者がいるからだ。だが、それを森や山で見つけようとは思うな。それは真紅の褥(しとね)で見つかる。強靱な四肢を持ち、瞳に炎と光を宿し、火炎のごとく豊かな髪を逆立てた女という驚くべき獣の愛撫を受けて》

——アレイスター・クロウリー

『法の書』より

《人間たちの信用を得れば、一匹の悪魔でも、その力は天使の軍勢に勝る》

——『トゥーレ・ボレアリスの書』より

九

一九四二年七月
ベルリン
アーネンエルベ

　昼時のアーネンエルベ本部を囲む庭園は林間学校のようにのんびりとした時が流れ、ドイツを取り巻く戦争がまるで遠い世界の出来事のように思われる。夏空の下、任務に就いていない若い研究者たちが芝生の上で思い思いに昼食を楽しんでいる。その歌声や弾けるような笑い声が管理棟の外壁に反射していた。

　その管理棟の二階の玄関側の破風窓（はふまど）から、アーネンエルベ所長代行のヴォルフラム・ジーヴァスは庭園でのんきにくつろぐ若者たちを羨ましそうに眺めていた。かつては純粋に情熱の赴くまま先史学の研究に明け暮れていたものだが、あの幸福な日々がひどく懐かしかった。しかもジーヴァスは、まったくの独学で有名大学の教授陣の一員として名簿に名を連ねることになったという変わり種だ。それを思うと、なおさらあの頃の自分が懐かしい。まあ、世がナチスの一党独裁となったことで状況が有利になったことは確かだが、それでもたいした快挙ではないだろうか。一九三三年にヒトラーが首相の座に就くと、新政権は党と反対の立場をとると思われる者をただちに大学から追放した。おとなしい保守主義者であっても退職へ追いこみ、多数の進歩主義者を路頭に迷わせ、まだ教鞭を執っていたユダヤ人を容赦なくお払い箱にした。この粛清によって数多くのポストに空きが出たが、新たな教員を募集するにあたり、ナチスは資格免状をさほど重視しなかった。党に忠誠を尽くす者であればよしとした。そのため、経歴的にも有利なポストに引き寄せられた知識人たちが、これ幸いとばかり、こぞって悪魔に魂を売り渡していった。こうして、気づけばジーヴァスはアーネンエルベを統括する責任者のポストに就いていた。しかし、今、その栄えある地位に影が差している。

ジーヴァスは窓を離れ、席に戻った。いつもは論文や書物で埋め尽くされているデスクの上も、今はきれいに片づけられ、親衛隊長官の署名のある書状二通が並んでいるのみである。うち一通は、ジーヴァスをアーネンエルベに新たに創設された〈軍事科学研究会〉の責任者として、即日付で任命する辞令だった。この新しい付属機関の真の目的と役割が何であるのかはよくわからない。だが、この人事が何を意味するかは十分理解している。エリカ・フォン・エスリンクがアーネンエルベ所長のポストに復帰するということだろう。もう一通には、より具体的な指示が書かれていた。そこには形態学および解剖学的特徴からユダヤ人種を確実に識別する方法論を確立すべく、研究チームを即刻編成せよとある。

冗談ではない。ジーヴァスはかぶりを振った。自分は先史学者である。人種主義の専門家とは違う！　畑違いの自分になぜこのような任務を課すのか？　それに、ことユダヤ人に関する話題には嫌悪感しか覚えない。前線から戻ってきた兵士たちが戦地で見聞きしたことを噂に乗せ、数々の風聞が飛び交っている。連行してきたユダヤ人に手を焼いて、大量虐殺が実行されているとか。どこの占領地域でも、親衛隊が全住民を篩にかけているとか。そして今、自分は背負いきれないほどの責任を負わされる羽目になった。ユダヤ人を識別する方法論など、正気の沙汰ではない。だが、おそらくそれが人種問題に対する最終的な解決策とされるのかもしれない……。

「失礼します」

アーネンエルベの研究員の一人、ブルーノ・ベガーが現れた。人選ミスだ。ジーヴァスは初対面の相手を一目見るなりそう思った。目の前の男はスウェーデンの木樵を髣髴させる体軀で、バイキングのような口髭を蓄え、明るい色の双眸はオーロラを思わせる。親衛隊員募集のポスターにこそふさわしい風貌だ。アーリア人の象徴のようなこの男が、なぜゲッベルスのプロパガンダ映画に出演するでもなく、アーネンエルベに在籍しているのだろうか？

「かの有名な一九三九年のチベット探検隊に参加していたと聞いているが？」

「ええ、そのとおりです。その折に見出した方法が、今回のわれわれの研究に役に立つのではないかと思われます」

ジーヴァスはベガーを信用する気になった。ドイツ人の理想を体現しているこの男が、ヒムラーに無理難題を押しつけられた自分を救ってくれるかもしれない。

「それはどのようなアプローチなのか？」

「頭蓋骨の形状を調べることです。わたしはチベットで、数百の……正確には三百六十七人のチベット人の頭と顔面の形状と大きさを測定しました。そして、そのデータから劣等人種か否かの定義ができるという結論に達したのです」

「それは確かなのか？」ジーヴァスは驚きを隠さなかった。

「間違いありません。被支配階級に属するチベット人は総じて測定値が低く、頭蓋骨が小さかったのです。この方法は問題なくユダヤ人にも適用できるでしょう」

ジーヴァスが質問しようと口を開きかけたとき、不意にドアが開いた。執務室に入ってきたのは彼が一番顔を合わせたくない人物だった。

「フラウ・フォン・エスリンク……」ジーヴァスは口ごもった。「さっそく今日からということか……」

「ヒムラー長官よりご指示がありました。ただちに復職し、新たな方針に則り、アーネンエルベを運営するようにと」

そう言うと、エリカはベガーをちらりと見た。ベガーは呆然としている。

「失礼。お話のお邪魔をしてしまったようですわね」

「われわれには、緊急の任務があるのでね。ユダヤ人を確実に判別できるような外見的特徴の定義を急がねばならないのだ」ジーヴァスは威厳を取り繕おうと必死だ。

エリカは驚きを禁じ得なかったが、それを表情に出さないよう努めた。

「それで、どのようなご提案を？」ベガーに向けてエリカが鋭い言葉を向ける。

体格のよさとは裏腹に、エリカに気圧されたベガーは完全に自信を喪失している。

「その……頭の大きさを……測定……しようと……」

それがいかにも馬鹿げた発想のように思われて、エリカはつい笑ってしまった。

「いったいどこで測定するおつもりです？　強制収容所ですか？　ダッハウの囚人たちを並べて、物差しで一人ずつ測定するとでもおっしゃるのですか？」

ベガーが弁明しようとする。

「つまり、わたしはまだサンプルを取っていませんので……生きているユダヤ人の」

「はい？」

「まずは、頭蓋骨のコレクションを作ろうと……」

「コ、レ、ク、シ、ョ、ン？」エリカの語気が強くなる。

ジーヴァスは泥仕合にもつれこまないよう、取り計らおうとした。

「ドクトル・ベガーは、単に研究仮説を立てたまでのことだ。わたしがアーネンエルベの代表を務める限りは、いかなる……」

「もう代表ではありませんわ」エリカが言った。「即日付の辞令を受け取られたはずですよね。それからドクトル・ベガー、あなたには……」エリカがすっかり固まっているベガーのほうを向く。「今すぐわたしの執務室から出ていっていただきたい」


ドアが大きな音を立てて閉まると、エリカは息が詰まりそうになった。この先もこうして相手を牽制しながら力を維持していかなければならないのかと思うとうんざりする。エリカは腰を下ろすと、椅子を回転させて窓のほうを向き、外の景色を見つめた。その高さから見えるのは木々の梢と澄みきった空だけだ。生ける者が死者から頭蓋骨を取り上げようとする世界など映るわけもない。なんとおぞましいことを考えるのだろうか。一瞬、胴から頭部が切断され、皮膚が切り裂かれ、肉が剝ぎとられる光景が目に浮かぶ。

エリカは吐き気を覚え、目を閉じた。

無意識のうちにこめかみに手がいった。ヴェネツィアで銃弾を受けた場所だ。不意に焼けつくような痛みが蘇ってくる。生温かい血が頰を伝い、周囲で悲鳴が上がり、両脚の力が抜けていく……。ずるずると地面に頽れていくその直前、わたしは助けを求めて……。駆け寄ってくる人がいる。大声で叫ぶ人がいる……。トリスタン……トリスタンはどこにいるの……。

突如、甦った記憶。

そこにトリスタンの姿はなかった。

一〇

ロンドン
ケンジントン

ロールは言葉を失っていた。『トゥーレ・ボレアリスの書』発見の経緯や、四つの神聖なるスワスティカにまつわる古代の伝説はもちろんだが、何より驚きだったのは、ポール・マルカス、マローリー、ノイマンの三人が若き日のヒトラーに遭遇していたことだ。マローリーはというと、薄い唇をきつく結び、遠くを見るような目をしている。時間を巻き戻し、戦禍のフランスの村に立ち戻っているのだろうか……。

不意に、マローリーが関節が白くなるほど強く握り締めた拳を書架の棚に打ちつけた。

「くそ！　あの野郎、アドルフ・ヒトラーめ！　あんな至近距離にいながら……。あのとき、引き金を引いていたら、フューラーはこの世に存在せず、世界戦争が引き起こされることもなかった。奴の眉間に一発撃ちこんでさえいれば、ナチズムはただうるさいだけの狂信者の集まりに終わっていただろう……。だが、あのおどおどした凡庸な一兵卒が、今日ヨーロッパを支配下に置く怪物に変貌するなど、いったい誰が予想できたか」

「恐るべき偶然……」
ロールはぽつりと呟くと、再び視線を日記に戻した。

戦況を聞き、ノイマンはドイツ軍の戦線に合流することにした。伝令が走り去るのを見送ったあと、われわれは互いに抱擁を交わした。そして、どちらが勝とうが、終戦後に必ず再会しようと誓いあった。ノイマンは地下聖堂で見つけた『トゥーレ・ボレアリス』を持っていくつもりだという。彼には黙っていたが、あの不気味な本をもう見なくていいかと思うと、正直ほっとした。

日記はそこでいったん終わっていたが、最後の四枚目に続きがあるようだ。しかし、四枚目は筆跡がまるで違う。文字が途切れ途切れで、かろうじて読み取れるほどだ。震える手でなんとか書いたものらしい。
「日記の残りを、わたしが貼りあわせたものだ」マローリーがかすれた声で言う。「ノイマンと別れてからひと月後、ポールが塹壕戦で毒ガスを浴び、病院に収容されたことを知った。なんとか面会することはできたが、ひどく弱っていた」

六月十日

医師たちから完全に見放されているが、少しでも日記をつけようと思う。天国か永遠のオリエントに発つ前に。どちらに行けるかわからないが、愛する妻エミリーと息子を残していくことには変わりない。トリスタン、まだ十歳なのに。

六月十六日

生きているうちに、この忌まわしい戦争の終結を見ることはないだろう。幸いドイツは劣勢らしい。マローリーに家族のことを頼む。最後の塹壕を越えるため、心安らかに旅立ちたい。奇妙な夢を見た。夢に怯える。

六月十八日

夢に、R村で会った異様な目つきのドイツの若い伍長が出てきた。激しく燃え盛る炎の中をドラゴンに乗っている。それと同じような人間が何千何万といた。黙示録の軍勢。髑髏の山、山、山。髑髏たちがあちこちで泣き叫んでいる！　ああ、気が変になりそうだ。

六月二十一日

またもや悪夢　城にあった本　トゥーレ　闇の中で回転する鉤十字　恐ろしい

四枚目の最後は支離滅裂な言葉の羅列で締めくくられていた。

「ポールは夏至の日に息を引き取った。フリーメイソンにしてみれば、なんとも皮肉な話だ……。われわれにとって、夏至は洗礼者ヨハネの日なのだ。正午に太陽の力が最高潮に達し、そのあと冬至に向けて徐々にパワーを失いはじめる。転生の日だ……」

ロールはマローリーに日記を返し、そのまま上官を見上げた。

「司令官はトリスタンのお父さんの親友でいらしたと……。そうでしたか……。終戦後、司令官はトリスタンにとって守護天使のような存在になられたわけですね」

「いや、残念ながら、思うようにはいかなかった。ポールの葬儀が済むと、わたしはエミリー夫人と連絡をとった。夫人は美貌と意志の強さを兼ね備えていたが、自分の利益を優先させてしまうタイプの女性でもあった。夫を戦争にとられているあいだに大物政治家の愛人となっていたのだ……。ル・ヴェジネの家を訪ねると、わたしは丁重に迎えられた。ポールの持ち物を渡したのだが、実際のところ、わたしは招かれざる客だったろうね」

「当時、トリスタンはどんな子どもだったんですか？」

「おっとりしていて、どちらかというと内気だったな。それでも、わたしの軍服に興味を示した。父親のことをいろいろと訊いてきてね。それがわれわれのはじめての出会いだった」

「エージェントとして雇うことになったいきさつは？」

「それについては話せない。少なくとも今は話すときではない。今はただ『トゥーレ・ボレアリスの書』の話を聞いてほしい。何より伝えておきたいことなのだ」

「わかりました。ただ、引っかかるんです。お話を聞けば聞くほど、トリスタンのことが不思議に思われて。でも、とにかく『トゥーレ・ボレアリスの書』の話を伺います」

「戦争が終わってしばらくのあいだ、古代の伝説に夢中になっていたドイツ人中尉と古ぼけた書物の行方を捜すよりも優先すべきことがあった。わたしは現実的な人間だからね。月日が経つうちに、魔力があるというスワスティカの話を忘れてしまった。『不思議の国のアリス』や『グリム童話』と一緒に、記憶の中に埋もれてしまったのだ。わたしは軍の諜報機関に入り、中東を渡り歩いた。シリア、エジプトと……。だが、『トゥーレ・ボレアリスの書』が再びわたしの人生に登場した。一九三〇年九月のことだった。わたしは……」

突然、部屋の明かりが落ちた。窓の真下の街灯だけが、うっすらと室内を照らしている。

「そこを動くなよ、ロール！」

マローリーの声に緊迫感が漂う。ロールは上官の不安を感じとった。いつも自信に溢れている司令官らしくない。

マローリーはライティングデスクに近づき、小口径のブローニングを取り出した。窓の脇に立ち、カーテンの隙間から通りを見下ろす。次の瞬間、ぱっと照明が点いた。

「またヒューズが飛んだか」

マローリーは口の中でぶつぶつ言いながら、拳銃をテーブルの上に置いた。

「大丈夫ですか、司令官？」

マローリーは肩をすくめた。

「少し疲れているようだ。話を終わらせてしまおう。わたしはドイツ帝国議会の選挙を視察するため、ルール地方に派遣された。外務省がドイツの国民感情について、より正確な情報を求めていたんだ。当時のドイツはいわば〝火薬庫〟でね、一九二九年の世界恐慌で街は失業者で溢れかえっていた。ドイツマルクはもはや紙くず同然で、丸パン一個が百万マルクもした。連合国、特にフランスに対する恨みが顕著になり、国家主義の過激派右翼はそれを利用した。その中で頭角を現したのが、国家社会主義労働者党だ。ケルンで開催された党の集会に参加して、彼らのリーダーを目にしたとき、わたしは思わず息を呑んだ」

「R村の城のそばで遭遇した伍長ですか……」

「わが目を疑ったよ。あの吹けば飛ぶように痩せさらばえたドイツ兵が、聴衆を熱狂させ人心を掌握する傲然とした指導者へと変貌を遂げていた。さらに驚かされたのが党のシンボルだ。あの城で見たものとまったく同じ鉤十字（ハーケンクロイツ）だったからね。とにかくオットー・ノイマンに会わねばなるまい。わたしはすぐに行動に移した。ハイデルベルク大学で教えていると話していたから、彼を見つけることは造作ないことだった。わたしはハイデルベルクに行き、大学の事務局で教授の所在を教えてもらった」

「十二年ぶりですよね？　その義侠心溢れるドイツ人のご兄弟との再会は」

ロールの皮肉など意に介さず、マロ―リーは先を続けた。

「ノイマンは大学の敷地内に住んでいた。ドアをノックすると、本人が出てきたが、すぐにはわたしのことが思い出せなかったようだ。そこで、ポールの形見のフリーメイソンのシガレットケースを出してモーランドを勧めた。向こうはしばらくぽかんとしていたが、ようやく気づいてくれ、われわれは抱きあって再会を喜んだ。わたしは家族に紹介され、夕食に呼ばれた。ノイマンは比較歴史学の正教授になっていて、中世初期に関する研究論文や著書など、優れた実績を残しているようだった。ノイマン家では実に楽しいひとときを過ごすことができた。そんなわれわれも、単に国籍が違うという理由だけで殺し合いをしていたわけだからな……」

「お察しします。それで、ご友人もまたドイツの救世主(メシア)に心酔していたのですか？」

「いや、そんなことはない。ノイマン教授はドイツで〈ミッシュリンク〉と呼ばれるユダヤ人の混血だった。おまけに、ナチスの毛嫌いするフリーメイソンでもある。教授にとっては、ゲーテ、ノヴァーリス、リルケがドイツの啓蒙の真の先駆者だった。当初、ヒトラーのことはドイツの政治家の中でも変わり種くらいにしか思っていなかったそうだ。ポッと出てパッと消える一過性のものだとね」

「読みが甘かったということですか……。でも、なんだかドイツ人のノイマン教授が敵とは思えなくなってきました。どうやら司令官の話術にまんまとはまってしまったようですね」

「別にそんなつもりはなかったのだが……。食事のあと、話題は『トゥーレ・ボレアリスの書』に及んだ。教授にポールの日記を見せたのだが、読み終えたときのあの顔は今でも忘れられない。恐怖以外の何ものでもなかった。あの冷静な教授の目には紛れもなく恐怖の色が浮かんでいた。教授もやはり、戦争中にヒトラーと遭遇していたことを覚えていたよ。本を最後まで解読できたのか尋ねると、教授は真顔でこう言った。《あの本は、天国の扉も地獄の扉も開く。問題は、一方にとっては天国でも、他方にとっては地獄でしかないということだ》と。それから、わたしを書斎に案内し、書架の地理学と自然科学のコーナーの前で立ち止まった。《もし盗みに入られたとしても、まさか地理学の本までは狙われないだろう?》と言いながらね」マローリーの表情が一瞬緩む。「取り出した本の表紙はわたしの記憶とは違って、深紅の革の装丁だった。おそらく製本屋に頼んで、新しい表紙に交換させたのだろう」

室内の明かりが再び明滅を始める。マローリーはテーブルの拳銃を取り上げた。

「教授は解読した内容を大まかに説明したあと、ほかの文献を引き合いに出しながら詳しく解説してくれたよ。要するに、『トゥーレ・ボレアリスの書』から、エジプトやシュメールなどの古代文明よりもさらに古い文明があったことがわかったのだ。天変地異によって滅亡した超古代文明だ。その文明の名残がわずかながらも世界各地に遺されている。例のスワスティカもその一つだ。その文明の祭司なり匠なりは、次元の違う驚異的なエネルギーを巧みに利用していたらしい。四つのレリックに宿る力がそれであり、無数の太陽を擁しているようなものだという。人類を一瞬にして炭化させてしまうような黒い太陽だ」

「キュリー夫人の放射能のような？」

「似て非なりだな。教授によれば、人間の精神構造に作用する力によって、本の文章が解釈される可能性もあるとのことだった。本には、四つ集めるとてつもない力を持つことができるというレリックの在りかの手がかりが示されているらしい。レリックを探すつもりか、それとも学会で発表するのかを質すと、教授は表情を曇らせた。社会情勢が非常に不安定な折でもあり、過激な国家主義者と共産主義者の対立を危惧していたのだ。ヴァイマル共和政(注1)は揺らいでおり、本の存在を明らかにすることは避けたいという。そんな伝説を真に受けるような政治集団などないと、わたしは言ったが、教授はナチズムの本質について警鐘を鳴らした」

「今度の指摘は鋭かったようですね」

「教授の話では、ナチスは他の政党とは根本的に異なっており、上層部には神秘思想を唱え、極端なゲルマン民族優位論に基づく世界を標榜する者もいるというのだ。その晩、わたしはドイツの民衆を熱狂させている男の別の側面を知ることになった。非科学的な破壊者たる闇の顔だ。続いて教授は、トゥーレ協会という本と同じ名を持つ秘密結社について話してくれた。ナチスの創設に重要な役割を果たし、ヒトラーを救世主(メシア)に仕立て上げた集団だ。その教義を知れば、彼らが『トゥーレ・ボレアリスの書』の存在を把握していたことは疑いようがない」

「それでどうされたのですか?」

「教授はわたしに、本に関して一切口外しないよう誓わせた。わたしとしては半信半疑だったのだがね。おとぎ話は嫌いではないが、せいぜい十二歳までの話だ……。何度も言うようだが、わたしは現実的な人間だからね。別れ際、ぜひイギリスにも遊びに来てくれと誘うと、教授は頷いたあと、こんな依頼をしてきた。もしドイツが暗黒時代に突入したら、本を託すから厳重に保管してほしいとね」

「そして、一九三八年に司令官が再び教授に会いに行った、あの〈水晶の夜〉に繋がるわけですね」

「ああ。ナチスが権力を握ると、ノイマン教授は教授職を剥奪され、家族でベルリンに移った。教授は稀覯本を専門に取り扱う書店を営んでいたが、ベルリンでの生活にも危険が迫っていることを知った。実際に、SS（親衛隊）が本の行方を捜していたんだ。なんとか教授の家族はドイツから脱出させることができたが、あと一歩のところで教授のことを救い出せなかった。ほんの数時間の差だ……。ヴァイストルトがわが友を殺し、『トゥーレ・ボレアリスの書』を奪っていった」

突然、電話が鳴った。マローリーは受話器を取ると、短い会話を交わしてすぐに電話を切り、ロールにレインコートを差し出した。

「急ごう。支度をしなさい」

「でも、まだトリスタンの話が……」

「もう十分話したつもりだが……その話はまたあとでだ。とにかく、相手を待たせておくわけにはいかない。まあ、待っているのは生きている人間ばかりではないがね」

二

一九四二年七月　パリ

略奪品の中でも重要とみなされたものをアルフレート・ローゼンベルクが意のままにしていることは間違いなかった。自らが率いる略奪組織〈全国指導者ローゼンベルク特捜隊〉、通称ＥＲＲの司令部がオペラ地区にあるにもかかわらず、セーヌ左岸にもこっそりと独自に分室が用意されていたからだ。

パンテオン周辺の小さな通りをさんざん歩き回ったあげく、トリスタンはようやく目的の住所にたどり着いた。それもそのはず、中庭に通じる入口が並木の裏側にわざわざ隠れるようにして作られていたのだ。中に入ると砂利敷きの小径が続き、歩を進めるたびにザクザクと音を立てる。その先に二階を増築した古いオレンジ栽培（オランジュリー）の温室がある。おそらく、革命時に破壊の憂き目を見た私邸の一部が残ったものだろう。月桂樹の植え込みが縁取る曲がりくねった小径は石段の前で終わり、その最上段で黒ずくめの男が煙草をくゆらせていた。アルフレート・ローゼンベルクだ。晴れやかなパリの空の下にいても、その顔色は蒼白で不安げに見え、不健康そうな印象を与える。

「マルカスくん、われわれの隠れ家をよく探し当てましたね。まあ、パリで勉強されていたということですから、カルチエ・ラタンは自宅の庭のようなものでしょう」

どうやらこっちのことはもう調べ上げているらしい。そう思いつつ、トリスタンは相手に敬礼した。

「見事に隠れ家の機能を果たしていますね」

「どうもありがとう」

ローゼンベルクは庭に面した大きなガラス戸を指し示し、中へ入るよう促した。十八世紀にはこの広々とした開口部が、冬のあいだ外来の植物に光と温もりをもたらしていたのだろう。今はなき世界の光景だ。

「このたびはわれわれの活動に協力してもらえるそうだね。きみを寄こしてくれた礼に、ヒムラー長官には何か美術品でも送ったほうがいいのかな？」

ローゼンベルクは続けた。

「きみなら、長官の好みを知っているだろう。絵画がいいかね？　彫刻かね？　イタリアルネサンス期の作品はどうだろう？　それともスペイン黄金世紀の作品でも？」

「あいにく、お答えできるほど長官とは近しい間柄にありませんので。ただ、狩猟画でも特に死んだ獲物を描いたものはお避けになったほうがよろしいかと」

ローゼンベルクは口角をくいっと持ち上げて笑みを浮かべた。

「なるほど、おもしろいことを言う。フランス流のユーモアというやつか。ところで、一ついいかな？　きみの優れた鑑識眼には定評があるようだが。ぜひこの場で確かめさせてもらいたい」

ローゼンベルクは壁に立てかけてある一枚の小さな油彩絵を指さした。バルビゾン派七星の一人、コローの作品だ。トリスタンはすぐにわかった。

早朝の清々しい光のなか、前景に大きな石を配し、木を切る農夫とそれを手伝う妻が描かれている。遠くには木々や村の家々のシルエットが朝靄に霞む。

「ジャン＝バティスト・コロー。一八四〇年代、父親の生家があったブルゴーニュ地方を訪れていたときの作品かと」

「なるほど。きみがヒムラー長官に雇われているわけがよくわかったよ」ローゼンベルクが感心したように言う。

「わたしもです。長官からこちらに遣わされたわけがよくわかりました」

「それも、ユーモアととっていいのかな、マルカスくん？」

「オリジナルはイギリスにあります。あなたがそれをロンドン・ナショナル・ギャラリーから買い取られたとは考えにくい。つまり、こちらは複製画ということです」

ローゼンベルクは憤慨して白い大理石の床の上で地団駄を踏んだ。

「これは部下がフランス人の故買人から買い取ったものだ。その男はパリを脱出するユダヤ人一家から入手したのだ」

「わたしでしたら、取引先を変えますね。コローはもっとも多くの贋作が出回っている画家として記録が残っているくらいですよ。自筆のサインが入った作品の半数以上はまだアトリエに眠っているとまで言われています」

ローゼンベルクはたった今悪夢から覚めたかのように絵を凝視した。いざフューラーの未来の美術館で展示する段になって、この作品が贋作であることが発覚したらどんな目に遭うか……。想像するだに恐ろしい。とにもかくにも、目の前のフランス人のおかげで、あわや大惨事となるところを救われたのだ。

「きみは猟犬のように鼻が利くとも聞いているが。スペインではいろいろと成果を挙げていたようだね」

「探すものにもよりますが」

「実は捜してもらいたい人物がいる。無名の収集家だ。ヴァレンヌ通りにある住居を捜索しようとした矢先、忽然と姿を消してしまったのだよ。美術品もろとも」

トリスタンは危うくにやけるところだった。スペイン内戦中、獲物のにおいを嗅ぎつけて確実に目標にたどり着く、それこそ猟犬のような男たちを何人も見てきた。彼らは、略奪に遭ったあとの農場から備蓄食料を探し出したり、酒に酔った兵士たちが荒らし回った屋敷で宝石の隠し場所を暴いたりしていた。その現場に自分も立ち会い、実際に手伝い、所作を観察して多くのことを学んだのだ。

「捜し方がまずかったのでしょう」

「きみなら捜し出せるということだな？」ローゼンベルクが嫌みたらしく言った。

「まずは本人の属性を伺いましょうか。その収集家には家族、たとえば子どもはいますか？」

「息子が一人いる。パリに潜んでいることはわかっているが、まだ見つからない」

トリスタンは庭にちらりと目をやった。木々の合間から覗く空は、ますます青くなっていく。パリの街をどうしても歩きたくなった。もう三年以上もこの都の空気を吸っていないのだ。

「でしたら、手がかりが見つかる可能性はあります」

「というと？」ローゼンベルクは再び煙草に火を点けた。

「その収集家になったつもりで考えてみてください。あなたにはどこかに隠しているものがある。そして、再び自分がそれを目にする可能性は限りなくゼロに近いと、本能的にわかっている。しかし、あなたには息子がいる。ならば、あなたは息子に未来を託すでしょう。息子に暗号を残すのです。息子だけにわかる記号のようなものを」

「残すとしたら、どこだ？　自宅か？」

「ええ。息子が潜伏先から戻るとしたら、まず自宅でしょうから。息子も父親が何も残さずにいなくなるわけがないとわかっていて、手がかりを探すはずです」

ローゼンベルクは煙草を深く吸った。なるほど、トリスタンの話は筋が通っていて、もっともなように思われる。自らの偏執的な反ユダヤ思想は理不尽で矛盾に満ちているにもかかわらず、論理的思考には妙に惹かれるのだ。ローゼンベルクは納得すると、すぐにでも確かめようと考えた。

「よし、今から彼のアパルトマンへ向かうぞ。さっそくきみの手腕を見せてもらいたい。だが、その前に部下に指示してこよう」

そう言うや、ローゼンベルクは二階へ続く螺旋階段を上がっていった。トリスタンは一人一階に残された。ローゼンベルクの相手をするのは疲れるが、ベルリンのアーネンエルベ本部にいるよりは、ここで仕事をしているほうがまだ安全だ。万が一エリカの記憶が戻り、親衛隊が詮索しはじめたとしても、パリにいれば逃げ出せるチャンスはあるだろう。

「マルカスくん、表に車を待たせてある」

どうやら先のことを考えている暇はないようだ。トリスタンはローゼンベルクとともに庭を抜け、車に乗りこんだ。後部座席に収まると、すぐに車は発進した。

自分の無謀さには笑うしかなかった。アパルトマンで何も見つからなかったらどうするのか？　それでもやはり、収集家だか何だか知らないが、その男は蒸発する前に、息子に対して何か思いを託すことがあったはずだ。

ヴァレンヌ通り

こんなに閑散としたパリの街並みは見たことがない。かつては交通が激しく、喧騒に包まれていたサン・ミシェル大通りとスフロ通りの四つ角も、今はひっそりとして、時おりそっと逃げるように走り去る車の冴えない姿が見られるだけだ。ヴォージラール通りに差しかかったところで、トリスタンは窓を開けた。妙に静かだった。リュクサンブール公園の木立から鳥のさえずりが聞こえてくる。歩道は人影もまばらで、わずかな通行人も自らの影に怯えるように建物の壁にぴたりと身を寄せて歩いている。トリスタンはわが目を疑った。ここは自分のいた街とは違う。占領され、辱めを受け、醜く様変わりした街など、フランスの首都ではない。サン・シュルピス広場では、ほろ酔い加減の兵士たちが噴水の前で写真撮影に興じている。パリはもはや存在しない。すべてを腐敗させる灰色の波に呑みこまれてしまったのだ。フール通りの交差点で、占領軍が立てた標識が目に入った。ゴシック文字のその表示は、光の都が闇の都市となったことを知らしめるものだ。今やヨーロッパ中がナチズムの闇に沈もうとしている。

「もうすぐ着くぞ」ローゼンベルクが告げた。「部下を現地で待たせている」

「ＥＲＲの人材はどのように集めたのですか？」トリスタンは尋ねた。「アーキビストや大学教員を？」

ローゼンベルクが大声で笑った。満月が口を開けて笑っているようだが、歯茎から覗く歯は意外にも小さい。

「いや、知識人などではない！　まあ、じきにわかるさ」


収集家のアパルトマンが入っている建物は、ロダン美術館の入口の向かいにあった。過ぎし日は美しかったに違いない中庭は荒れ果てており、そこを抜けると、これまた踏板の擦り減った階段がある。まるで建物全体が、目も当てられないほど落ちぶれたフランスの今の姿を映しているようだ。玄関マットまで、トリスタンには幾度となくドイツ人に靴底を擦りつけられたせいか、すっかりへたりきっている。トリスタンにはパリの街が隅々まで占領者の軍服と同じフィールドグレー一色に染まっているように感じられた。

踊り場まで上がると、フランス人の男が一人立っていた。対独協力者（コラボ）であることは容易に察しがつく。

「紹介しよう。マルセル・ピロルジュ、通称〈鉄拳〉だ」

トリスタンはすぐにその渾名の所以を理解した。こちらが差し出した手を、骨が砕かれてしまいそうなくらいの怪力で握り返されたのだ。

「われわれの協力者マルセルは元ボクサーでね。美術品の所有者と交渉する際に、実力を発揮してくれる有用な人材なのだ。収集家たちというのは、得てして秘密主義だからな」

「マルセルさんが一緒なら、相手からわけなくルーベンスやモディリアーニの在りかを聞き出せるということですか」

「すっかりお見通しのようだな。では、さっそく捜索を始めてもらおうか」

アパルトマンの廊下の突き当たりは、広々としたリビングになっていた。ヴァレンヌ通りを一望できる背の高い窓が並んでいる。室内を一目見るなり、トリスタンはあることに気づいた。ボルドー色の生地が一面に張りめぐらされた壁に、色の鮮やかな箇所がまったく見当たらないのだ。もし絵画が何年間も壁に掛けられていたのなら、その部分だけ四角い形で色褪せることなく元の色のまま残っているはずだ。壁に絵が掛けられていなかったのは一目瞭然だった。トリスタンは次に暖炉に近づいた。大理石のマントルピースにも、やはり彫像の類が置かれていた形跡は一切ない。なるほど、そういうことか。トリスタンは悟った。自分は担がれていたのだ。

「どうやらお目当ては絵画や彫刻の類ではなさそうですね？」

ローゼンベルクが驚いたように顔を向けた。

「なぜわかった？」

「ご自分でおっしゃったじゃありませんか。《きみは猟犬のように鼻が利く》と。このまま捜索を続けてほしければ、こちらの質問に答えてください。ここは誰の家なんですか？」

「実は、収集家というのは嘘なのだ」

ローゼンベルクがソファに座るよう促した。どうやら真実を話す気になったらしい。

「このアパルトマンの所有者はヴァシーリー・グルジエフという男だ。先週まで、ウディノ通りの私立女子校でロシア語を教えていた。まあ、教え子の数は決して多くはなかったようだが……」

トリスタンは首を傾げた。なぜローゼンベルクたちは、そんな平凡な男が気にかかるのだろう？

「管理人からの密告があったのだ。一介の教師がヴァレンヌ通りにある高級アパルトマンの家賃を払えるはずがないと。彼はユダヤ人なのではないかと言って……」

「そういうことでしたか」

「……しかし、フランス当局はすでに正真正銘のユダヤ人の検挙で手いっぱいで、ユダヤ人かどうかもわからない人間の捜査に関わっている余裕などないという。結局、本件は巡り巡ってわれわれのもとに回されてきた。そして、われわれも管理人と同じく疑問を持った。実入りのいい職業に就いているわけでもない男が、パリの高級住宅街に住めるほどの金をどこから得ているのかと」

そこまで話すと、ローゼンベルクは一枚の写真を差し出した。自転車に跨る水兵服姿のひ弱そうな少年と、それに手を貸す麦藁帽子に白い靴の男性が写っている。

「一九一四年の夏に撮影されたものだ。この男がヴァシーリー・グルジエフだ」

「子どものほうは？」トリスタンはすかさず尋ねた。

「アレクセイ・ロマノフ。ロシア帝国皇太子だ」

一二

一九四二年七月
ロンドン
イーストハム死体安置所

金属の台の上に胸から下を黒いビニールシートで覆われた死体が寝かされていた。シートの色とは対照的にローズマリー・ベントンの顔は真珠のように白い。目の周りの隈まで消え、十歳は若返ったかのようだ。隣の台には、もう一体が全裸で横たえられている。褐色の髪をした年配の女性で、六十代くらいだろうか。このイーストハム死体安置所地下二階の検死台に並んだ二体の死体には明らかに共通点があった。

額に残された鉤十字の傷である。

ロールとマローリーは、主任検死官が屈みこむようにしてローズマリー・ベントンの亡骸を調べているのを離れたところから見守っていた。検死官は身を起こしては書類に目を移すという動きを何度も繰り返し、最後にその書類を被害者の腹部に置いた。どうも釈然としない様子だ。

「司令官、よろしいでしょうか。ご依頼のとおり、こちらの二体を検死し、七か月前にタワーハムレッツ墓地で発見された若い女性の他殺体の検視結果と比較しました。まあそちらの検死のほうは、実際に立ち会ったわけではなく、優秀な同僚の検死報告を読んだにすぎませんがね」

検死官のベントレー・パーチェス卿はそう言うと細縁の眼鏡を外し、大きな音を立てて洟をかんだ。

「まったく、死体安置所で風邪をひいてしまうとは、わたくしとしたことが……」

検死官は五十代くらいの太鼓腹の男性で、白っぽい水色の目をした顔からは陽気そうな性分がうかがえる。

「それで、結論は?」マローリーが尋ねた。「三件の殺人はすべて同一犯によるものなのでしょうか?」

検死官は困ったような表情を浮かべた。

「ええ、こちらの二人の被害者については間違いないでしょう。しかし、七か月前の犠牲者については、そうとも言い切れませんな。同僚の報告書だけでは情報が少なすぎますし、なにせ遺体が荼毘に付されて久しいですからね」

「同一犯による可能性はどれくらい残されていますか?」

「額のマークが同じであることは確かです。報告書に添付された写真からはっきりとそれが確認できます。しかしながら、同じように傷をつけることは誰にでも可能です。当時は新聞で写真が公開されていましたからね。専門家の立場から言わせていただくと、ナイフで額に鉤十字のマークを入れるのに、高度なテクニックは不要。なにも切り裂きジャックのように売春婦の体から臓器を摘出するわけではありませんのでね。ハッハッハッ……」

自慢げに説明するなり、検死官は無遠慮に高笑いした。しかし、相手に冷ややかに見つめ返されると、咳払いをして、再び真面目な顔つきになった。

「そうですな……ご質問に対する答えとしては、犯行の手口に三十パーセントの類似性が認められると申しておきましょう。ただし、創口の形状に違いが見受けられます。わたくしの見解では、今回の件はタワーハムレッツ事件の犯人による犯行ではないでしょう。昨日、スコットランドヤードの捜査官にも同じことを伝えてあります」

検死官は水道の前に行くと蛇口をひねって水を細く出し、大きな茶色い石鹸を手に擦りつけた。

「残念ながら、これ以上はお役に立てそうもありませんな。せめて表までお送りしましょう」

ロールは天に願いが届いたことをこっそり感謝した。この死体安置所にもうあと一分でもいたら、トイレに駆けこんで胃の中のものをぶちまけることになっただろう。何より耐え難かったのは、肉体の腐臭とつんとする消毒剤の混じりあった臭いだった。

三人は部屋を出ると、エレベータに乗って一階へ上がった。

「どうやら若いお嬢さんにはお楽しみいただけなかったようですな」検死官が忍び笑いを漏らした。

「あれが楽しいなんて人、いるかしら……」

「ザ・ブリッツのさなかでなくて、幸いでしたよ。当時、ここは死体で溢れかえっていましたからね。男も女も子どもも関係なく、そこら中に積み重ねられていました。ラグビー決勝戦を迎えたトゥイッケナム・スタジアムどころの騒ぎではありませんよ。食肉処理場の冷蔵室まで徴発（ちょうはつ）される始末で、どこの死体安置所でも置き場が足りず、通路まで使用していたのです。最近になって、ようやく落ち着いてきましたが……」

検死官は二人を出口まで案内し、親しげな素振りで別れの挨拶をした。

「首相にお会いになったら、よろしくお伝えください。首相とは古い顔馴染みでね。同じシガークラブの会員だったのです」

「承知しました」

マローリーは空約束をし、検死官が立ち去るのを見届けると、ロールに向きなおった。

「パーチェス先生の見立てでは、犯人は別人だ。これで納得したかね？」

霧雨が降りだした。ロールは空を振り仰ぎ、自らを洗い清めるかのように雨に顔を打たれた。ロンドンで暮らすようになってから、雨が好きになっていた。

「いえ、まだ納得できません。わたしが諦めるように、検死官に頼んで一芝居打たせたのではありませんか？」

「いつからそんなに疑り深くなったんだ？」

「誰のせいでしょう？　ＳＯＥの訓練では、相手が誰であっても信用するなと教えられましたけど」

　マローリーは肩をすくめた。

「まったく頑固だな……。いずれにせよ、すぐにはっきりするだろう。ウィッチフォール作戦の撮影フィルムを手渡すため、クロウリーがモイラ・オコナーに会いに行くことになっている。その際に、このたびの殺人の関与についてモイラを問い詰めるに違いない」

「あの女がクロウリーに洗いざらいしゃべると本気でお思いですか？」

「クロウリーは、ああ見えて相手の口を開かせるのがうまいからな。きみは一緒についていって、クロウリーがモイラの店から無事に出てくるところまで見届けてくれ」

　ロールは首を横に振った。

「ですから……友だちと約束しているんです。申しわけありませんが、誰かほかの人を行かせるわけにはいきませんか？」

「クロウリーが信頼する人間は多くない。きみは彼に気に入られているからな……。せいぜい二、三時間で済むことだ。彼はレスター・スクエアにあるギャラリーのオープニングレセプションに出席すると言っていた。そこから地獄の火クラブに直行するそうだ」

「それで、わたしは？」

「レスター・スクエアで合流し、地獄の火クラブまで同行するんだ。ただし、中には絶対入るな。クラブのある通りの角に電話ボックスがある。クロウリーが店から出てくるのを確認したら、わたしに連絡してくれ。それを済ませてからでも、友だちと会う時間は十分にあるだろう」

「もし約束の時間に遅れそうになっても、タクシーを使えば間に合うと思うんです。そのときは、経費で落としてもいいですか？」

「いや、店の近くでタクシーは拾うな。用心するに越したことはない」

「タクシーもだめだなんて……。それくらい認めてくださってもいいじゃないですか」

バタシー地区

バタシー発電所は巨大な煙突から毒々しい黒い呼気を絶え間なく吐き出していた。有毒物を含んだ煙が雲を作り、周囲の建物の上に広がって太陽を遮る日もある。周辺住民は、テムズ川南岸のこの場所にあえてモンスターのような産業施設を設置した人間のことを恨んでいた。

　発電所の数ブロック先に野菜を運搬する小型トラックを停め、コンラッドは巨大モンスターを惚れ惚れと眺めた。

「世界最大の石炭火力発電所か……すごくイカしているぜ！」助手席の連れに感想を漏らす。

「あたしは嫌い……。死ぬほど醜いと思う。毒を空中に吐き出す、レンガと鉄骨の糞みたいな塊。あんたの趣味を疑うわ」

「見解の相違だね。俺はフューラーと同じで、アーリア人ならば自らの限界を超越しなくてはいけないと思う。建築、科学、芸術、そして、戦争においても。西洋の優れた人間は、優れた技術において自分の理想を実現する。きみは、むしろハインリッヒ・ヒムラータイプの人間らしいな。あの人は進歩を評価しているようだけど、心の底では、アーリア人が農耕民族に回帰することを望んでいる。そして、汚染された都市から遠く離れた祖先の土地で、季節に寄り添った暮らしを復活させようとしているんだ」

　スーザンはバックミラーを覗きこみ、乱れた髪を整えた。

「賢い人だわ。あたしも、こんな反動的で堕落した国じゃなくて、ドイツで生まれていればよかったのに。あたしは……」

　スーザンはふと話すのをやめた。人気のない通りを四十がらみの男がこちらに向かって歩いてくる。男は鳥打帽を目深に被り、口の隅に煙草をくわえ、肩から革袋のようなものを掛けていた。

「ねえ、コンラッド、あいつはどう？」

コンラッドはフロントガラスに顔を寄せ、歩道を歩く男をじっと観察した。

「彼を殺すのは気が進まないな。あれは正統なアーリア人の顔立ちだ。それに労働者でもある。俺は何にも増してプロレタリアを尊敬しているからね。殺るなら、銀行家か商人にしたい」

「イギリスの労働者なんて馬鹿ばっかり」スーザンが冷ややかに切り捨てた。「モズレー卿が黒シャツ隊に取りこもうとしたのに、あの馬鹿ども、揃いも揃って労働党を選びやがって！　それに、銀行家なら、この辺りを探しても無駄よ。あいつらが働いているのはシティだから。テムズ川のあっち側よ」

「きみのモズレーさんは道化役だよ。フューラーやムッソリーニのようなカリスマ性は持ちあわせていない」

「さあ、コンラッド。政治談議はもうおしまいにしてさ、今夜のために新しい死体を用意しなくちゃ。いつまでもこんなところでぐずぐずしてはいられないよ。準備はいい？」

スーザンはドアを開けて辺りを見回した。誰もいないのを確かめると、大きく手を振って、鳥打帽の男に呼びかけた。

「すみません！　助けてください！」

　男が急いでやって来た。

「どうしました？」

　男はちらりとスーザンの胸もとに目をやった。

「わからないんです！　この人、友だちなんですけど、運転していたら急にハンドルに突っ伏してしまったんです。もうどうしていいかわからなくて」

　コンラッドはシートの上に倒れこみ、まるで戦車に轢かれでもしたかのように苦しそうに呻き声を上げた。男はステップに上がり、コンラッドを一瞥した。

「医者じゃないからわからんが、具合が悪そうだな。病院に連れていったほうがよさそうだ。俺が……」

　最後まで言い終わらぬうちに男はその場に頽れた。背後にスーザンが棍棒を手に立っていた。コンラッドは素早く身を起こし、グローブボックスから注射器を取り出すと、男の首筋に突き刺した。

　二分もしないうちに、男の体はシートの後ろに寝かされ、トラックは慌ただしく発車した。

「残念だな。こいつは、いい遺伝子を持っていそうなのに」コンラッドが呟く。「頭の形といい、灰色の目といい……もったいないな」

「何言ってんのよ！　酒臭いし、きっとつまらない奴だよ」

　スーザンはシートに背中を預けてダッシュボードに足を投げ出すと、長いため息をついた。

「コンラッド、このミッションはあとどれくらい続くの？　なんだか続ける自信がなくなってきたよ。理想のために志願したのにさ。ドイツの敵を殺すのはしかたないと思うよ。けどさ、あたしたちが殺しているのは一般人ばかり……誇らしくもなんともないわ」

「それが戦争だよ、スーザン。きみは戦士だ。俺たちが手にかけた人間は前線で倒した敵方の兵士だ」

「うん、あんたからはそう聞かされているけど……でも、一昨日、あのローズマリー・ベントンを殺ったときはさすがに心が痛んだ。彼女はお人好しのイギリス人だった。どことなくあたしの叔母さんに似ていてさ。あんたはプロレタリアに弱いけど、あたしは人の母親に弱いんだ……」

「気持ちを強く持つんだ。俺たちは道徳心よりもミッションを優先させなければならない。もう少しだよ。ね、もう少しの辛抱だから」

　スーザンはコンラッドの肩に頭を乗せ、腕を撫でた。

「約束を忘れないでね……。憧れのドイツに行くのが待ち遠しいわ！　ミュンヘンで素敵な庭付き一戸建てに住んで、犬も飼って。かわいい子どもを産んで、あんたが休暇で帰ってくるときはおいしい料理を作って待つの」

「きみは模範的な母親になるよ、愛しい人（マイン・リーブリング）。きみを楽園へ連れていく。約束するよ」

一三

パリ　ヴァレンヌ通り

トリスタンは両手で写真を受け取った。自転車に乗る練習をする子どもの写真だ。褐色の髪をしたその少年は十歳くらいだろうか。ひ弱そうな外見もさることながら、何よりも心を打つのは、ひどく不安げなその眼差しだった。その横で、麦藁帽子の男は自転車から転げ落ちないように子どもを慎重に支えている。

「ヴァシーリー・グルジエフはロシア帝国最後の皇子（ツァレーヴィチ）、アレクセイの家庭教師だ」

「なぜフランスに来たのですか？」

「革命によりニコライ二世は退位に追いこまれ、皇帝一家はソヴィエトの秘密警察による厳重な監視のもとに監禁された」

ローゼンベルクは少年を指さした。

「アレクセイは血友病だった。わずかな傷が命取りにもなる病気で、二十歳まで生きられないと言われていた。そんなわけで、家庭教師のヴァシーリーは皇子に付き添うことを許された。おそらく、共産主義者らは皇太子を生かしておき、情勢が不利になった場合の取引材料にしようと考えていたのだ」

トリスタンは昏い目をして子どもに見入っていた。この子はすでに助かる見込みのない病に侵されているのに、人々の怒りの犠牲となった。皇位継承者として生を受けたばかりに、不幸へ突き進むことを余儀なくされたのだ。

「皇子はどうなったのですか？」

「一九一八年七月十七日の夜、皇帝一家を殺害せよとの命令が下った。レーニン率いるボリシェヴィキは、皇帝一家が支持者たちの手で救い出されることを恐れたのだ。アレクセイも使用人たちも全員が殺害されることになった」

「少なくとも、病気の皇子は苦しまずに死ぬことができたのでしょうか」

トリスタンが呟くと、ローゼンベルクは首を横に振った。

「いや。それどころか、最初の銃撃では死ななかった。銃殺隊の一人が弾を使い切ったときもまだ生きていた。そこで、息の根を止めるべく銃剣で突き刺されたあげく、頭に二発撃ちこまれた」

「家庭教師は？」

「彼は十一人の犠牲者の中には入っていない」

だんだんと話が見えてきた。四半世紀以上前に起きたこの悲劇のどこに、ナチスが興味を引かれたのかが……。

「つまり、グルジエフは事件の前に逃げていたわけですね。ボリシェヴィキが処刑の目撃者を見逃すはずはありませんから」

　ローゼンベルクはわずかに頷き、先を続けた。

「そこから考えられる可能性は二つ。一つは、グルジエフは危険が迫っていることを察知し、生き延びるために逃げた。数キロ先にはツァーリの支持者がいたから、合流することもできた……」

「……あるいは、ツァーリの命令で逃げた。あるものを持ち出すために。そして、あなたはそちらのほうの可能性が強いと思っている」トリスタンは言い切った。「だから、わたしにそれを探させたい。そういうことですね」

　マルセルが部屋に入ってきた。そして、暖炉に近づくと、暖炉と窓のあいだの壁に耳を当て、叩いて反響を確かめだした。しかし、どこを叩いても籠もった音がするだけで、壁の中に空洞はないらしい。

「マルセルはかつて外人部隊にいて、北アフリカで戦ってきた。こういったことはお手のもので、いつもながら入念に捜してくれているのだが、何一つ収穫がなくてね、おおいにプライドが傷ついているのだよ。侮辱されたも同然らしい」

　トリスタンは思わず肩をすくめそうになった。こんな言葉を口にするのはナチスくらいなものだろう。優越感に浸りたいがために、些細な失敗も許すことができずにいる。

「わたしが知りたいことは一つ。あなたがたが探しているものは何なのですか?」

ローゼンベルクは答えようとしない。

ソ連を窮地に陥れるような文書でも探しているのだろうか。アメリカが参戦してソ連への支援を強化しようとしているなか、スキャンダルが発覚すれば、武器や物資の供給にも影響が出ようというもの。ゲッベルスが国際社会を味方につけるべくキャンペーンを張ることも期待できる。

ひょっとして、事前に情報を摑んだヒムラーが、先にその文書を手に入れようとして自分を送りこんだのではないか? ローゼンベルクは依然として口をつぐんだままだ。そこで、トリスタンは鎌をかけてみた。

「あなたが探しているものが何であれ、グルジエフはすでにあらかた売り捌いているのではありませんか。でなければ、どうしてこのようなアパルトマンに住むことができたのでしょう?」

ローゼンベルクが指を鳴らした。すると、マルセルが鉤十字に鷲が刻印された革の書類鞄を持って現れた。ローゼンベルクはそれを開けた。

「われわれは、こんなものを手に入れた」

そう言って、テーブルの上にハンカチの包みを置いた。

「広げてみてくれ」

　中から現れたのは、金の台座に嵌めこまれたピンクパールだった。粒の大きさといい色艶といい、桁違いにすばらしい。

「指輪の内側を見たまえ」ローゼンベルクが促した。

　見るとキリル文字が刻まれている。

「ロシア皇帝が未来の皇后に贈った婚約指輪だ。パールは皇后の守護石だそうだ。われわれはこれをヴァンドーム広場の宝石商の金庫から発見した。マルセルに促されると、宝石商はあっさりグルジエフの名を明かしてくれてね。われわれがここを訪れたのはそういうわけだ」

「彼が皇帝一家の宝石類を持ってロシアから逃げたと考えたのですね？」

　ローゼンベルクは貴重なパールを慎重に包みなおした。

「皇后が婚約指輪を手放すことに同意したということは、グルジエフはロマノフ家の宝石類すべてを持ち出したはず。金に換算すればとてつもない額になる……。そして、わがドイツ帝国は外貨を必要としている」

　ローゼンベルクはトリスタンのそばに寄ると、声を潜めて言った。

「フューラーからの信用を取り戻す、またとない機会なのだよ」

　さあ、どうかな、それはこっちがお先にちょうだいしなければの話ですよ……。トリスタンが心の中でやり返すと、まるでそれを聞きつけたかのように、ローゼンベルクは釘を刺してきた。

「もし、あの元養鶏業者の成り上がり長官のためにわたしを裏切るなどというつまらん考えを起こすなら、痛い目に遭うだけだぞ。こちらのマルセルも腕が鳴ってうずうずしているからな……」

「おつむのほうも拳と同じくらい上等そうで……」トリスタンは皮肉った。

「ユーモアだとしても笑えんな、マルカスくん。きみに来てもらったのは、手がかりを見つけ出すためだ。さあ、探したまえ」

「息子の部屋はどこですか？」

「もう一つの廊下の突き当たりにある」

ドアを開けると、室内は目も当てられないほど荒らされていた。机には大きく穴があき、壊れた引き出しが散らばり、ベッドはひっくり返され、マットレスがずたずたに切り裂かれている。

「マルセルさんがすでに調べ尽くしたようですね」

「きみならもっとうまくやれるはずだろう？」ローゼンベルクが言い返した。

「子どもというのは、たいてい自分の部屋に秘密の隠し場所を持っているものです。そこにきれいなビー玉とかおもちゃの兵隊をしまっておいたりして……。もちろん、親のほうもそれを知ってはいるけれど、あえてその場所には触れない。グルジエフが息子にメッセージを残しているとしたら、その秘密の場所でしょう」

　マルセルは肩をすくめた。

「俺は全部調べた。家具も全部」

「であれば、隠し場所はまだこの部屋のどこかにあります。無傷のままで」

「壁も叩いて調べたが、手応えはなかった！」

「子どもなら、漆喰の壁に穴を穿って秘密を隠したりはしないでしょう。すぐに手の届くところにあってこその隠し場所です。つまり、出し入れしやすいところです」

　そう言うと、トリスタンは四つん這いになった。

「何をしているのか？」ローゼンベルクが訊いた。

「子どもの目線になってみたのです」

　暖炉の表側はすでにマルセルによって壊されていた。

　トリスタンは炉辺のレンガの継ぎ目を調べた。取り外しができるレンガがあるかもしれない。継ぎ目の部分は、それこそ灰を混ぜて黒くした練り歯磨きでも塗りこんでおけばごまかせるだろう。トリスタンは片っ端からレンガを動かそうと試みた。しかし、どれ一つ動かない。

「こうなると、最後に考えられるのは二つ。壁の羽目板か床の寄木です」

「俺は壁のほうをやっつける」

マルセルが壁から板を剝がそうとナイフを取り出す。

トリスタンは靴を脱ぎ、素足で床を探ってみた。寄木は大きさが揃っていて、どこにも違いがなさそうだ。そこで、前進しながら溝を調べることにした。寄木を動かしたことがあれば、そこだけ周りの隙間の埃の溜まり具合が違うはずだ。

一方、マルセルは羽目板を一枚一枚外しては放り投げている。

訝しげに見守っていたローゼンベルクがやがて口を開いた。

「そんなことをしても時間と労力の無駄ではないかね、マルカスくん。この部屋からは何も出てこんよ。もうこのアパルトマンに手がかりはないということだ。何一つ」

何も聞こえなかったようにトリスタンは尋ねた。

「ベッドはどこに置いてありましたか?」

マルセルがおおよその場所を指さす。その辺りをつぶさに見ると、確かにベッドの足の跡が残っている。

これが最後のチャンスだ。

トリスタンは跪き、寄木を一つ一つ調べていく。マルセルのほうは羽目板の最後の一枚を剝ぎとろうとしている。マルセルが勢いよく突き立てたナイフが壁に弾かれ、トリスタンに向かって飛んできた。とっさに身をかわしたトリスタンは、その弾みで床に肘をつく。同時に、一組の寄木が埃を巻き上げて崩れ落ちる。

すかさず、ローゼンベルクが走り寄る。

「信じられん、マルカスくん、そんなところにあったのか！」

マルセルが穴の中に手を突っ込み、黒ずんだ布に包(くる)まれたものを取り出した。

「くそっ、なんて重いんだ！」

布から中身がするりと抜けて床に落ちた。それは壁材に使われるような切石だった。トリスタンがひっくり返してみると、表面に黒い文字が刻まれている。

·G·G·1777

ローゼンベルクが石に顔を寄せた。

「きみの言ったとおりだな。ここに刻まれている文字が息子へのメッセージだとしたら、われわれはグルジエフのもとにたどり着けるということか？」

「息子に対して何らかの意味を示すものであれば、それはわれわれにとっても同じことでしょう」トリスタンは答えた。

マルセルは石を拾い上げ、布に包みなおすと、窓を開け、運転手にエンジンをかけるよう指示した。

「明日までにこの石のメッセージを解読しておくように」ローゼンベルクが命じた。

「無理です。詳しく調べる必要があります。もっと時間をください。さもないとヒムラー長官に……」

「わたしを脅そうったってそうはいかない。さあ、オランジュリーに戻るぞ。マルセル、きみはここに残って、交代要員が到着するまで待っていてくれ。アパルトマンを監視する必要がある。グルジエフや息子がいつ現れるとも知れんからな」

トリスタンは石を受け取った。予想以上に重い。だが、この切石を選び、壁から取り外した者にとっては、そうするだけの理由があったのだ。

アパルトマンから出たところで、不意にローゼンベルクが振り返った。それまで無表情だった目が、ゆっくりと蛇の目のような光を帯びてくる。

「マルカスくん、きみには二十四時間の猶予をやろう。だが、その前にきみの誠意を見せてもらいたい。先刻のコローの絵のことだが」

「コローの贋作ですね」

「いかにも。ここに来る前に、あの絵をわれわれに売った故買人を呼ぶように部下に指示しておいた。その男がきみを待っている……」

「なぜわたしを？」

「きみがその男に白状させるのだ」

一四

ロンドン
レスター・スクエア

ギャラリー12の入口にはタキシード姿の警備員が仁王立ちしていた。クロウリーから電話で指示されたとおり名前を告げると、甘ったるい笑顔を浮かべてロールのためにドアを開けてくれた。

白い水玉模様の夏用のワンピースはデコルテの開き具合も絶妙で、男性たちの視線を感じる。ロールは気をよくして、警備員に微笑み返した。といっても、このワンピースはなにもほんの一瞬顔を出すだけのオープニングレセプションのために着てきたわけではない。このあと、友人が主催するパーティに出席するためだ。

ロールは腕時計を確認した。予定どおり、ここでクロウリーを捕まえて地獄の火(ヘルファイア)クラブへ連れていき、中に入るのを確認する。そして、無事に店を出てくるところを見届けたら任務完了。ダウンタウンへと向かい、そこでようやく休暇が始まるのだ。

今、自分に必要なのは息抜きだ。

『トゥーレ・ボレアリスの書』をトリスタンの父親とともに発見したという不気味な話をマローリーから知らされたあと、立て続けに死体安置所に連れていかれ……正直、かなり参っている。

ギャラリーは大勢の人でごった返していた。ざっと見回してみるが、クロウリーの姿は見当たらない。目下、ギャラリーでは二つの展覧会が同時開催されていた。一つは〈イギリスの愛国美術展〉で、もう一つは〈タロットと秘教術展〉だ。

まさにカルチャーショックね。

人混みを掻きわけながらロールは独りごちた。クロウリーを見つけるのに、あちこち探し回る必要はないだろう。ロールは光沢のある緋色の壁の広い部屋に入った。そこではスケッチブックほどの大きさの絵がずらりと展示されていた。タロットカードの原画だ。正面の壁の中央には黒い文字で大きく《ＴＨＯＴＨ(トート)》と書かれている。

部屋の一角に招待客の女性たちの輪ができていた。品のよさそうな年配のご婦人がたの中央でクロウリーが得意げに熱弁をふるっている。ロールと目が合うと、クロウリーは少し待ってくれというように目配せをした。ロールは片手を上げ、指を広げてあと五分と念を押し、展示作品を見ながら時間を潰すことにした。

〈世界〉〈悪魔〉〈女教皇〉〈戦車〉〈愚者〉……。

タロットカードの種類ならよく知っている。戦前、父の友人からマルセイユ版タロットカードをもらい、いっとき夢中になって遊んだものだが、そのうち引き出しにしまいこんだまま忘れてしまった。目の前の作品はオリジナルの絵柄とはかけ離れたものだが、デザインとしては嫌いではない。

ロールは一枚の絵に近づいた。

両手に盃を持ち、長い髪を大きく波打たせた物憂げな女性。背景の中央には天球儀、上部には回転する星が描かれている。その足もとにはクリスタルの結晶が積み重なっている。

「〈星〉です……。お嬢さん、あなたはついていらっしゃる。そちらはラッキーカードの中の一枚ですよ」

背後から男の声がした。男はロールの横に立つと、一緒に並んで絵に見入った。年齢は六十歳くらいだろうか。栗色の短髪で、ギリシャ彫刻のように鼻筋が通り、薄い唇に笑みを湛えている。

「ごめんなさい、占いは信じていませんので」ロールは答えた。「でも、この作品はとても素敵ですね」

「別に占っているわけではありませんよ。象徴の話です。伝統的なタロットにおいて、星は希望の象徴です。究極の幸福や知識たりえる絶対的な何かの探求を意味しています。それは、人間の名に値する人間であれば誰もが目指すべきものです」

男はそこで言葉を切ると、ロールのほうを向いた。正面から見ると、意外にも穏やかな顔をしている。

「失礼、肝心なことを忘れていました。まだ名乗っていませんでしたね。わたしはバジル・コーデュランと申します。あなたは？」

「ロール、とだけ言っておきます」

「では、ロールさん、作品の解説を続けてもよろしいですか？」

「ええ、ぜひ」

　コーデュランは絵の上部を指さした。

「ご覧ください。このカードの中にはヘプタグラム、つまり七芒星が三つ描かれています。この変わった形の星は、ウィッカの魔女から妖精の星とかエルフの星などと呼ばれ、呪いから守ってくれると考えられています。錬金術の写本の中にも見られ、星の頂点はそれぞれ占星術の七つの惑星に対応しているのです。また、カバリスト(注2)にとっては、ヘプタグラムは曜日であり、神の玉座を囲む七人の守護天使を表すものでもあります。〈星〉のカードは、この乙女の体を通し、宇宙のエネルギーという無限の力をもたらすのです。〈星〉は、あなたの守護カードとなるでしょう」

「お護りとして、画家に複製をお願いしようかしら」

「ご自身の責任においてでしたら、ご自由にどうぞ」コーデュランが皮肉っぽく唇を歪めた。

「どういう意味でしょうか？」

「悪魔は細部に宿ると申します……とりわけここに展示されている絵にはね。よろしいですか、この絵を描いたフリーダ・ハリス卿夫人は秘教結社ＯＴＯ、すなわち〈東方聖堂騎士団〉のメンバーであり、そのＯＴＯの指導者こそ、あの変態クロウリーなのですよ。二人は共同でこれらの作品を製作しました。クロウリーとその信者にとって、七芒星とは緋色の太母ババロン（注3）の紋章です。ババロンとは、女性の性的欲動の抑制できない力を象徴する聖なる淫婦。ここに描かれた青く長い髪をした裸の女性はババロンに憑依されています。天使のように描かれていますが、このカードは実はわれわれを淫猥な世界へと誘（いざな）っているのです」

「秘教とは関係なさそうですね……」

「それどころか、その反対ですよ。秘教主義とは本来内に秘めたるものであり、多くの人の目には触れないものです。その秘儀を授けられた者は、世界の見方が変わり……」

クロウリーが近づいてくるのを見ると、コーデュランは話を中断し、表情を強ばらせながら、ロールに一礼した。

「わたしはこれにて失礼します。その……あなたのご友人と一緒にいるとろくなことがありませんので」

「ずいぶんな嫌われようですね」

「あの男は腐りきっていますよ。触れるものすべてを堕落させてしまう、最低最悪の人間です」

　クロウリーがやって来て、ロールの頬にキスをした。

「どうやらギャラリーのオーナーとお友だちになれたようだね……絵画における人種差別論でも聞かされていたのかな？」

「口の利き方に気をつけたまえ、アレイスター」コーデュランが唸るように言った。

「ええ、ええ、気をつけましょう……。いいかね、ロール、こちらのお友だちは芸術の概念について確固たる考えをお持ちなのだ。戦前は、ピカソ、セザンヌ、ダリ、モンドリアンといった偉大な画家たちを否定していた。当時、オーナーの言い種が……ええと、何でしたっけ？　そう、そう、〝退廃芸術〟でしたな。ヒトラーと愉快な仲間たちに倣って、退廃芸術はけしからんと……。余談になるが、件の画家たちの作品は、真向かいにあるレスター・ギャラリーで展示されて評判を博した。儲け損なって、オーナーはさぞかし憤懣やるかたない思いだったでしょうな」

　コーデュランが青ざめるのを見て、ロールはその場を取り繕うように咳払いをした。

「そろそろ行きましょうか、アレイスターさん」

　そうクロウリーに声をかけてから、コーデュランのほうに向きなおった。

「貴重なお話をありがとうございました。〈星〉が自分の守護カードであることは覚えておきます。とりあえず、肉欲の話は聞かなかったことにしますわ」

コーデュランはロール一人に挨拶をして立ち去った。ロールはクロウリーの腕を摑んで急かした。

「こんなところで揉めている暇なんてありませんからね」ロールは小声で言った。「早くここを出ましょう」

「それがいい……。戦前、コーデュランは仲間と徒党を組んでモズレーの黒シャツ隊にいた。反ユダヤ主義者だよ。ヒトラーに心酔していてね。だが、彼は賢く立ち回った。宣戦布告の直前に手のひらを返したのだ。愛国美術展を開催するとは、うまいことやりおったな……」

二人は悪魔から逃げるように急ぎ足で出口に向かった。

「戦争になると、どこでも当たり前のように卑怯者が出てくるのね。フランスにもいますけど。さあ、クロークでフィルムの入った鞄を受け取ってきてください。それから、あなたの古巣に向かいます。あなたの無事を見届けたら、わたしはパーティに行きますから。友だちと約束しているんです」

「ほほう……若いお嬢さんがたが集まるのかね？　ならば、わたしも一緒に呼ばれようかな？」

「冗談でもやめてほしいわ」

「そうか……」クロウリーは悲しげに呟いた。「しかたない、地獄の火(ヘルファイア)クラブの変態どもの仲間に入れてもらうとするか……」

一五

一九四二年七月
パリ
パンテオン界隈

　オランジュリーに戻ると、トリスタンは地下に続く階段まで案内された。階段の踏板には反りが生じている。それを一段一段踏みしめながら下りていくと、最後に足先が砂床に触れた。そのとたん、自分が時を遡ってきたことに気づかされる。アーチ状に石が組まれた長い天井は、まさに中世の建築だ。実に隙のない造りで、湿気がなく、風も通らない。おそらくは裕福な商人が珍重品でも保管しておくために造らせたものだろう。中央の太い柱一本で全体を支える構造となっている。その根もとに屈みこむと、石の台座の角にまで亀甲模様の装飾が施されており、トリスタンは思わず目を見張った。この街にはまだまだ驚かされることばかりだ。地下に潜れば、中世そのもののパリに出会えるのだろう。都の下には、ほとんど人に知られることなく、もう一つの都が途方もなく広がっているのだ。

　部屋の奥で苦痛の叫びが上がり、トリスタンは一気に現実に引き戻された。立ち上がってみると、鉤フックに繋がれた男の裸体が目に入った。どうやら容赦ない尋問を受けてきたらしい。テーブルの上には、二本の燭台に挟まれるようにして盥が置かれている。拷問者の一人がそこで手を濯いでいた。水はすでに血で赤く染まっている。男は振り向きもせずに話しかけてきた。

「痛めつけてやったが、たいした収穫はなかった。実際、こいつは何も知らないようだ。うちらのボスを騙したつもりでいたさもしい野郎さ」

同僚が言い添える。

「だが、こいつに絵を売ったユダヤ人の名前は吐かせた。調べてみたが、消息不明だ。きっと今頃は、国境の向こうで札束を数えているところだろうよ」

同僚は袖口を汚さぬよう気をつけながらシャツに腕を通した。トリスタンは尋ねた。

「この男の名前は？」

「ベルトラン・テュスタル。本庁に問い合わせたが、前科はない。ただのアパルトマンの管理人だ。自分を詐欺の天才だと思いこんで、政財界に近づいた貧乏ひまなし人間だ」

トリスタンは黙っていた。目の前の二人は、ドイツのために働いて小遣い稼ぎをする警官だったのだ。割のいい秘密の副業。良心のかけらもない連中だ。

「それじゃ、俺たちはこれで。あとは任せる。なんならあんたが始末すればいい」

二人が階段を上がっていく足音を聞くと、トリスタンはフーッと息を吐いた。わずかな金を目当てに占領軍に魂を売るようなコラボには反吐が出る。連中が去ったあとには、肥溜めよりも強烈な売国奴の臭いがプンプンした。

トリスタンは故買人の男に近づいた。さんざん打ちのめされてはいても、なんとか意識は保っている。男は片方だけ残った目を大きく見開いた。トリスタンは顔を寄せて男の状態を確認した。

「眉弓(びきゅう)が割れて、右頬が陥没し、顎が砕けているな……まだ話せそうか？」

「ああ」テュスタルは喉に流れこむ血にむせながら答えた。

トリスタンは煙草を一本取り出すと男にくわえさせ、火を点けてやった。

「あんたにあの絵を売った奴の名は？」

「サミュエル……ミュラー……さっきの連中にはもう話した」

「そいつはほかにも絵を持っていたのか？」

「山ほど。壁一面に飾ってあった。でもそれは売ろうとしなかった」

「なるほどね」トリスタンは鼻で笑った。「あんたは変だと思わなかったのか？」

トリスタンには直感でテュスタルを騙した男の手口がわかった。

「いや、なぜだ？」

「何があったのか、教えよう。その収集家はあんたに贋作を掴ませたんだ。そして、受け取った金で、残りの絵をすべてこっそりと運び出し、行方をくらました。あんたのほうはすっかり貧乏くじを引いてしまったな。一杯食わされたあげく、その偽物を騙されるのが大嫌いなヒトラーの側近に渡してしまったわけだから」

「ああ、もうおしまいだ！」

「そいつとはどうやって知りあったのか？」

「俺はアパルトマンの管理人をしていて……ミュラーは二階に住んでいた……。顔見知りだったんだ……。ある晩、彼が訪ねてきて言った。自分はユダヤ人だ、すぐにここを出ていかなければならない。絵を買い取って、それをドイツ人に転売してほしい、ドイツ人なら何でも買ってくれると。うまい儲け話だったし、それに、なけなしの遺産にも手をつけてしまっていたから……」

　トリスタンは苛々して相手の話を遮った。

「それで簡単に金が稼げると思ったんだな。それはわかった。一つ教えてくれ。そのミュラーという男は本当にユダヤ人なのか？」

「いや、ユダヤ人と聞いて少し驚いた。日曜日になると、きまって奥さんとサントノレ通りのプロテスタント教会に行って、そのあと田舎に出かけていたから」

「どこの田舎かわかるか？」

「奥さんの実家で、ペルシュ地方のレヴェイヨンにある農場だ。なぜそんなことを訊く？」

トリスタンは煙草に火を点けた。煙草とはずっとつかず離れずの関係にある。何週間も吸わずにいても平気だが、神経を昂揚させたいときは、ライターの乾いた着火音や、煙草の葉がチリチリと燃える扇情的な音が恋しくなる。

テュスタルは歯止めが利かなくなったように話し続けていた。恐怖にとりつかれ、声も途切れがちで、何を言っているのかほとんどわからない。トリスタンは相手の話をもう聞こうともせず、考えを巡らせた。今のところ、形勢は自分に有利だ。行方をくらました収集家について、コラボの警官たちは名前しか聞き出せていない。一方、自分はまだ知られていない絵画のコレクションの在りかに繋がりそうな情報を摑んでいる。ローゼンベルクが聞いたら小躍りしそうな朗報だ。テュスタルを陥れた収集家は、おそらく不測の事態に備えて妻の実家に避難したに違いない。

口から血を滴らせながら、テュスタルが喚いた。

「俺はこのままみじめに死ぬのかよ！　ドイツ野郎にとどめを刺されて！　なあ、なんとか言えよ！」

喚き声には答えず、トリスタンはなんとかこの男を助ける方法がないものか模索した。しかし、自分が危ない目に遭うわけにはいかない。

「あいつら、俺の頭に弾をぶち込むつもりか？　そうなのか？　ここでか？　それとも、あんたがやるのか？　なあ、答えてくれよ！」

トリスタンは頭を働かせた。すぐにローゼンベルクにミュラーのコレクションの情報を知らせたほうがいいだろう。そうすれば、少なくとも絵を見つけ出すまでは、連中はこの愚か者を生かしておくのではないか。それから……。

不意にテュスタルが打ち明けてきた。

「まだ言ってないことがある……。今話すから……助けてくれ。レジスタンスのメンバーを知っているんだ。ドイツ人の敵だ。名前と住所を教えてやっても……」

トリスタンは虫唾が走り、それ以上言わせなかった。

「馬鹿野郎。犯罪者でもない人間を告発して、助かろうなどと……」

「あいつらは悪質だぞ……さっき話したサントノレ通りのオラトワール・デュ・ルーヴル教会の……牧師は……ユダヤ人を匿っている」

「ミュラーのような？　奥さんの実家がノルマンディーで農場を営んでいるような自称ユダヤ人か？」

「違う、正真正銘のユダヤ人だ。偽名を使っている……ガキどもで……教会の聖歌隊で歌っている……。外見は区別がつかないが……ちょっと痛い目に遭わせれば……」

相手を殴りつけそうになるのを、トリスタンは必死にこらえた。警官たちに代わってこの手で息の根を止めてやりたい。そんな衝動に駆られた。

「性根の腐った野郎だ。あんたみたいな人間は自分の母親でも売るだろうな」

「……ガキだけじゃないぜ……イギリス人も一人いる……パイロットだ……女房が教会の掃除をしているもんで、話し声が聞こえたそうだ……牧師は、そいつを教会の上の屋根裏部屋に匿っている……たぶん、ビヤンクールの空襲のときに撃墜されて……パラシュートで……」

トリスタンは手で相手の口を塞いだ。

「おっと、それ以上喋ると、誰かさんは死ぬことになるぞ。よし、今度はこっちが教えてやるよ。その程度の情報くらい、とっくにドイツ軍のほうで摑んでいるさ。その教会のレジスタンス組織には、かなり前から密偵を潜りこませているって話だ。さあ、自分の頭で考えてみろ。今さらつまらんタレこみをしたところで、連中がこのままあんたを帰してくれると思うか？　それどころか、口が軽いのがばれて、永久に口が利けなくされちまうぜ」

そこまで言うと、トリスタンは押さえつけていた手を緩め、ハッタリが効いたかどうか様子をうかがった。

「黙っているよ。誓う」

「よし、いいだろう。だが、こっちも連中を説き伏せる必要があるからな」

「どうすればいい？　何でも言うことを聞くよ！」

「牧師の名前を教えてくれ」

「モーリー。エティエンヌ・モーリーだ。なあ、これで俺を帰してくれるよう、ドイツの連中に口を利いてくれるよな？」

　トリスタンは屈んで、片方の燭台を摑んだ。純銀製である。おおかたローゼンベルクの飼いイヌどもがかっさらってきた盗品だろう。が、肝心なのは、それに十分な重さがあるかどうかということだ。

「断る」

「全部話したじゃないか！」

「そのとおりだ。あんたはすでに一度裏切っている。同じことをまた繰り返すだろうよ。こっちも危ない橋は渡りたくないんでね」

「お願いだから、殺さないでくれ……」

　トリスタンは燭台を振り上げた。

「おや、マルカスくん、きみは銀製品に興味があるのかね？」

　天井にローゼンベルクの鋭い声が反響した。ギクッとして、トリスタンは燭台をテーブルの上に戻した。

「いや、尋問を続けてくれたまえ。しかしだね、その燭台はなかなかの名品だぞ。純銀できている。ルネサンス美術を代表するようなすばらしい作品だ。専門家によると、北イタリアで制作されたものらしい。メディチ家からフランス王家に持ちこまれた嫁入り道具に違いない」

トリスタンは大きくため息をついた。ローゼンベルクからいつまでも蘊蓄を聞かされてはかなわない。

「美術のお話は後ほどゆっくり伺いましょう。それより、すぐに特捜隊を派遣していただくことはできますか？」

ローゼンベルクは少し考えてから答えた。

「できなくもないが、どこへ派遣するのだ？」

「バス・ノルマンディー地方の片田舎、レヴェイヨンです。地元の憲兵隊に尋ねてみるといいでしょう。パリから農場に越してきたミュラー夫妻に目をつけているはずです。トラックに山と荷物を積んできたに違いありませんから」

ローゼンベルクは興味を引かれたようにそわそわしはじめた。

「で、その荷物というのは？」

「大量の絵画作品。今度こそ本物です」

ローゼンベルクは階段のほうを向いた。

「マルセル！」

コラボが即座に現れた。

「すぐに隊員を集めろ」ローゼンベルクが指示を飛ばす。「レヴェイヨンに向かってくれ。バス・ノルマンディーだ。そこでユダヤ人のミュラー夫妻を捜せ。そいつらの口を割らせて……」

「夫妻はユダヤ人ではありません」トリスタンは横から訂正した。

「そんなことはどうでもいいから、ミュラーのコレクションを持ち帰ってこい。絵だからな。だが、その前に、わたしを騙そうとしたこの悪党を始末しろ」

マルセルに命じながらローゼンベルクがテュスタルを指さすと、アパルトマンの管理人は叫び声を上げた。

「聞いてくれ……」

トリスタンは再び燭台を摑み、すかさず男のうなじに振り下ろした。乾いた木が折れるような音がした。ローゼンベルクは信じられない様子で呟いた。

「まさか……きみがそんな真似をするとは……」

「まさか、これしきのことであなたが驚くとは……」

ローゼンベルクはむっとして、すぐに言い返した。

「まだグルジエフの家で見つけた切石の解読作業が残っているぞ。二十四時間の猶予を与えたはずだ。すぐに取りかかったほうがいいな。あと二十時間しかないぞ」

一六

ロンドン
イースト

「さあ、ガーディアン紙だよ、買った、買った！ ウィンストン・チャーチルの危機！ガーディアン紙だよ、買った、買った！ 首相に不信任動議が提出されたぞ！」

ロールの横で脂肪の乗った腹をだぶだぶと揺らしながら、クロウリーは花屋の前で声をかける新聞売りを巧みにかわした。ギャラリーを出てからたっぷり十五分は歩き、地獄の火（ヘルファイア）クラブはもう目と鼻の先だ。

「新聞も新聞記者も嫌いだ」クロウリーがこぼす。「特にタブロイド紙の類はね。人身御供を欲しがるメディアはモロク神(注4)そのもので、日々人間の脳内に憂鬱の種を送りこんでいる」

「わたしはそうは思いません。情報が得られることで人は自由になれます」

「何をたわけたことを！ 情報は人間を盲従させるものに過ぎない。道徳、権威、宗教と同じ。戦争も然りだ……」

よく言うわ……。ロールは苦笑した。SOEで読んだ資料には、クロウリーがタイムズ紙に魔術の実践講座の連載企画を持ちこんだことが詳述されていた。男女の性欲を刺激するための手ほどきを紙上公開してはどうかと掛けあったこともあるらしい。当然ながらエロティックな図説付きで。これらの申し出は編集長にものの見事に撥ねつけられ、当局に通報されたという。

「議会が首相の辞任を要求！」

カーキ色の鳥打帽の少年が、モーセの石板(注5)よろしく新聞を掲げながら声を限りに叫ぶ。

「チャーチル首相は人気があると思っていたのに」ロールは言った。「イギリスにはいつも驚かされてばかりだわ」

「国民には確かに人気がある。だが、卑劣な議員連中は別だ。みな〝老いたライオン〟の後釜の座を狙っているのさ」

クロウリーはわれ先に新聞を買おうと売り子に群がる人々を軽蔑するような目で眺めると、歩道の上で足を止めた。

「ロール、今から起きることをよく見ておけ。そして、わたしの魔力がどれほどのものかを思い知るがいい。これより暗合を司る悪魔ブロテルに祈りを捧げる」

ロールが唖然としていると、クロウリーはスーツケースを地面に置き、目を閉じ、天に向かって両手を上げた。

「アブラハダブラ……ブロテルよ……」

口の中で何やらブツブツと呪文を唱え、機械的な動作で、虚空に謎の記号を描く。

「予兆があるぞ、予兆が」クロウリーが囁いた。「何かが起こるぞ。何かが……」

だが、何も起きない。再び売り子が声を張り上げる。

「鉤十字の殺人鬼、またもや現わる！　ショーディッチで新たな死体発見！　さあ、ガーディアン紙を買った、買った！　猟奇殺人にロンドン中が震撼！」

クロウリーは高笑いをして、ロールの顔を覗きこんだ。

「そら、予兆だ！」

「えっ、何が？」

「これからモイラの店に行こうというときに、新聞売りの小僧が記事の見出しを読み上げたではないか。魔術ほど強力なものはない。生命にも勝る」

そう言うと、クロウリーは少数の野次馬をつかまえて呼びかけた。

「そんな三流新聞を読んでいたら馬鹿になるぞ。それよりもわたしの『法の書』を読みなさい」

ロールは身の置き場がなく、そわそわした。

「アレイスターさん、もういい加減にしてください！」

通りかかった二人の陸軍下士官が目を留め、近づいてきた。

「いったい何の騒ぎですか？」

「ルシファーの僕、第五の勇士ブロテルの力を借りていたところです。といっても、弱小な悪魔ですから、ご安心を。わたしは予兆を探していたのです。そして実際に、予兆がありました。まあ、話してもおたくらには何のことかわからんでしょうが。つまり、魔術はすべてを可能にするということです。すべてを！」

そう言ってクロウリーが立ち去ろうとすると、片方の下士官がその袖を捉え、もう一人と目配せを交わした。

「本当かい？　魔術師の旦那。ならば、その魔術でもってイギリスを戦争に勝たせることもできるのだな？」

クロウリーの眉がぴくりと動いた。相手はいささか酔っているらしい。クロウリーはその手を振りほどいた。

「そのとおり。すでに魔力の効果は表れていますからな。あとはSOEの同志たちとともに最後の聖なるスワスティカを手に入れるのみ。おたくらもじきに家に帰れましょう。今しばらくお待ちくだされ」

「SOEだと？　ほう、魔術の次はそう来たか。愉快なジョークをありがとうさん。ええと、ミスター……？」

「名前は申し上げられませんな。諜報機関で働いているもので。わたしのことは、ただ

〈大魔術師〉と呼んでいただければ結構」

同僚が笑いをこらえきれない様子で、下士官の肩を叩いた。

「パット、その辺にしとけよ。時間の無駄だぜ。頭のいかれたお友だちとは、おさらばするんだ」

クロウリーは聞き捨てならないとばかり片眉を上げると、侮辱した相手に近づき、その目をじっと見据えた。

「わたしの目を見ろ！」

同僚はヒステリックに笑い続けている。

「わたしの目を見ろ！」

クロウリーは催眠術をかけるような目つきで相手を見つめた。

「おまえは頭が痛くなる。どうだ、痛いだろう？」

「いや……そんなことは……」

「よし……おまえにはわからないだろうが、エチオピアのパズズがそこにいる。サタンの寵臣(ちょうしん)だ。おまえの頭の中で笑っておるぞ。わたしにははっきりとそれが見える。おまえの頭を穿ち、魂を見つけて貪り食う」

嘲笑っていた男の体が揺れはじめた。男は首を振り、仲間にもたれかかった。

「うう……痛い……」

突然男はこめかみに手を当てた。

「畜生！　こいつを取りのぞいてくれ！　焼けつくようだ！」

下士官がクロウリーの胸ぐらに摑みかかった。

「仲間に何をした？」

「わたしは懐疑的な人間が好きではない。彼らからはさんざん痛めつけられてきた。われわれ魔術師たちは――」

同僚の男は激しい痛みに身悶えしている。

「やめるように言ってくれ……もう……耐えられん……」

ロールは見兼ねて、仲裁に入ろうとした。

「アレイスターさん、もうその辺で……」

だが、下士官はロールを乱暴に突き飛ばし、クロウリーのぼってりとした顔の前に拳を突き出した。

「ふざけた真似はよせ。さもないと、その面をめちゃくちゃにしてやるぞ。貴様の父親でも判別できないほどにな」

「青年よ、わたしのつまらん父親なら、死んで久しいが。今頃はベルセブブの便所と地獄の庭を掃除しているはずだ。しかし、おたくの頼みは聞いてやってもよいぞ。こちらとしても、国王陛下から兵士を奪うのは本意ではないゆえ」

下士官が手を放すと、クロウリーはコートの襟を正し、痛みで喚く男の頭を両手で包みこんだ。

「さあ、これでパズズはその脳味噌代わりの惨めな球体を抜け出し、地獄へ向かっておまえの母ちゃんとファックするだろう。では、これにて失礼を。魔女との大事な約束があるのでね。魔女は魔女でも、悪玉の魔女だが……」

クロウリーは男たちを歩道に残し、ロールを促してその場を離れた。

「本当にどうかしているわ」ロールは咎めた。「任務を危険に晒すつもりですか？」

「連中にお灸を据えてやる必要があったのさ。まだまだ催眠術の腕は落ちていなかったな……」

五分後、二人はマクグーハン通りの入口に着いた。

「地獄の火(ヘルファイア)クラブはこの先の六番地だ。わたしが中に入ったら、おまえさんはどうするつもりかね？」

「あなたが無事に出てくるまで外で見張っています。さっさと済ませてきてくださいね」

「ああ、そうだったな。お友だちのパーティか。ご招待にあずかれるものなら、早めに切り上げることもやぶさかでないが……」

「馬鹿なことを言っていないで、とっととお行きなさい。時間がないんですから」

クロウリーがクラブに行くのを確認してから、ロールは道の反対側の電話ボックスに向かった。

地獄の火（ヘルファイア）クラブはとりたてて目を引くような外観ではない。二本の白い柱のある入口に張り出し窓、黒塗りの扉といったクラシック様式を踏襲した建物は、街中いたるところで見られる標準的な邸宅と変わらない。かつてクラブを設立した際、保守的な大衆に迎合すべく、クロウリーが意図的に選んだ物件である。

呼鈴の紐を引きながら壁に取り付けられた銅のプレートを見て、クロウリーは笑いを禁じ得なかった。

〈ペイン＆シスターズ保証協会〉

もともとクロウリーが遊び心で取り付けたプレートは〈ペイン＆パートナーズ保証協会〉だった。クラブの株式をモイラに譲渡してからは、〝パートナー〟の部分が〝シスター〟に入れ替わっている。いかにもフェミニストのモイラのやりそうなことだ。

小窓が開き、切れ長の目が覗いた。二つの目はこちらをうかがうように瞬（まばた）きを繰り返した。それから、おもむろに扉が少しだけ開き、お香の甘ったるい香りとともに、赤と黒のチュニックをまとった若い女が顔を出した。女はそれ以上扉を開けずに言った。

「これは、これは、クロウリーさま、またお目にかかれるとは嬉しいですわ。支配人とのお約束は？」

クロウリーはその顔に見覚えがあった。レイ・リン。モイラの仕掛けた罠に落ちた晩、あの場にいた中国人の女だ。

「いや。だが、彼女はわたしに会うと言うはずだ。間違いない。プレゼントを持ってきたからな。見応えのある撮影フィルムだ。魔女と魔術師による一大スペクタクルが見られるぞ」

一七

パリ
リシュリュー通り
国立図書館

堆(うずたか)く積み上げられた本がトリスタンを城壁よろしく取り囲んでいる。まるで世の中から隔離されているようだ。書庫係はこちらのリクエストに応じて古書籍を次々と出してくるが、実はトリスタンを書物の海に沈めることに意地の悪い喜びを覚えているのではないかと疑いたくなる。まったく、碑文学という学問の領域がここまで広いものとは思いもよらなかった。

人類の歴史が石とともに歩んできた歴史であることは言うまでもない。太古の昔、石を手にしたときから、人類は後世への記録として神々の名とともに自身の名も刻みつけてきた。碑文学者の立場からすると、ごく小さな碑文の欠片であっても、発見されるだけで躍り上がるほど歓喜し、その解読を試みることに無上の喜びを覚えるのだという。

トリスタンは、閲覧室に光を注ぐガラス張りの丸天井を見上げた。こちらの悩み事などよそに、鉄骨のフレームのあいだからは青空が覗いている。仮説の迷路で途方に暮れ、無数の意味が錯綜するなかをさまよい、時間が流れるばかりで、いまだに何の成果も得られていない。本の山を背に、トリスタンは目の前のヴァレンヌ通りで見つけた切石の写真を凝視した。ドイツの技術者たちのたゆまぬ努力と高い開発力のおかげで、モノクロの写真には、碑文が刻まれた面の細かな陰影までが鮮明に写っている。縁(へり)の部分の傷跡もよくわかる。おそらく、壁か塀からタガネで切り出したものだろう。グルジエフが息子に何らかのサインを残すためにそうしたのだと考えられる。

それにしても、グルジエフは、どうやってこんなに重い石を気づかれずに取り外すことができたのだろうか。その一方で、父と息子の双方が石の意味するものを知っていることは確かだ。過去に二人で訪れたことのある場所を示しているのではないか。公共建造物かもしれない。しかし、さすがにグルジエフが廃兵院(アンヴァリッド)やヴェルサイユ宮殿から石材を持ち去ったとは思えない。ロシアからの移民が、わざわざ当局の注意を引くような真似はしないはずだ。

トリスタンは再び写真を手に取った。

《▲C▲G▲1777》――まったくもって悩ましい碑文だ。

手はじめに何冊か本を調べ、まずは墓碑ではないかと考えた。「C」と「G」が故人のイニシャルで、「1777」は没年を示すものかもしれない。だとすれば、碑文が意味する場所とは、埋葬場所以外にないだろう。だが、啓蒙思想が普及した十八世紀後半は、埋葬場所が教会から都市郊外の墓地――壁の外――に移されるようになった時期でもある。そんなわけで、〝墓碑説〟は却下となった。次に立てた仮説は、建造物に残された建築家のサインではないかというものだ。だが、建築家が慣例的にサインを残すようになったのは十九世紀に入ってからのようだ。残念ながら、またもや却下だ。

「どうです、何か見つかりましたか？」

本をどっさり抱えて持ってきた司書に声をかけられた。

閲覧室はほぼ無人だった。占領下のパリが求めているのは食糧であって、教養ではないということなのか。

「いや、捗々しくありませんね。仮説を立てても、検証するたびにことごとく潰されてしまうんです」

司書は「失礼」と断ってから写真を手に取り、矯めつ眇めつ眺めた。

「奉納品という線は考えてみましたか？」

「エクスヴォートですか？」

トリスタンは聞き返した。その言葉に、なぜかぼんやりと教会の香の匂いが思い出された。

「はい。たとえば無事生還できたとか、神への祈願が叶ったときに感謝の意を表して教会に納めるプレートで、彫刻が施されたものです」

　トリスタンは素早く頭を働かせた。石が教会堂の一部であるなら、一七七七年以降に建立された教会はすべて除外できる。必然的に調査の範囲も狭まる。トリスタンは本の山に手を伸ばした。ちょうどパリの教会に見られる碑文を扱った本が一冊ある。まずはそこから手をつけてみることにした。

「いや、待てよ……」司書が呟く。「エクスヴォートであるからには、感謝の言葉があるはずですよね。でも、こちらにはそれらしきものがありません。よく考えてみると、どうもエクスヴォートではないようです。失礼しました」

　築いたばかりの足がかりが音を立てて崩れていくような気がした。トリスタンはがっかりして、期待を裏切ってくれた司書を恨めしそうに見た。

「いやあ、残念！」

「専門の人間に相談されてみてはいかがでしょう」

「どなたかいらっしゃいます？」

「一人います。この図書館の司書ですが、碑文学者でもあるのです。今、彼女は古代の碑文の転写をしている最中です。静かな場所で作業するのが好きなので、きっとメダル陳列室にいるでしょう。ジュリエット・ラランドといいます。すぐにわかると思います。いわゆるギャルソンヌですので」

ということはつまり、その女性はショートヘアで、たぶん顰蹙(ひんしゅく)を買いながらも、ズボンまで穿いているかもしれない。ギャルソンヌというのは一九二〇年代に流行したボーイッシュなファッションスタイルだ。その元祖とされるアメリカ人女優のルイーズ・ブルックスを真似て、女性たちが髪を短くおかっぱに切りそろえる現象が見られたらしいが、実際のところはもっと現実的な話で、短い髪形がはやったのは先の大戦中だったという。軍需工場で働く多くの女性たちが、長い髪は砲弾の製造の邪魔になると考えたようだ。

「メダル陳列室へはどう行けば？」

トリスタンが尋ねると、司書はついてくるように合図した。

「この図書館は迷宮そのものですからね。ご案内しましょう」

メダル陳列室は教会のように森閑(しんかん)としていた。ルールによって静けさが保たれている閲覧室に対し、ここには元から静寂が備わっている。物音がせず、人の息遣いも感じられない。天井に届くほどの巨大な陳列棚が並んでいるだけだ。とてつもなく広い床からも足音一つ聞かれない。トリスタンは一続きのガラスのケースに近づいた。そのうちの一つに展示されている桁外れに大きいメダルが目を引いた。上から覗きこむと、表に《Ludovico(ルイ) magno(大王)》とある。……ルイ十四世だ！　なるほど、そうか。自らの栄光を誇示するためにこんな代物を作らせるような人物は、太陽王をおいてほかにいないだろう。

「お探しものでも？」

不意に声をかけられた。驚いて振り返ると、ヘアバンドで髪を留めた若い女性が立っていた。パールグレーのスーツを見事に着こなしている。この人が例のギャルソンヌということか……。

「はい。ジュリエット・ラランドさんに用がありまして」

「どんなご用かしら？」

警戒はしていないが、驚きを隠せない声だった。滅多に人に邪魔されることがないのだろう。女性の背後には、文献が山積みになった机がある。

「尋ねたいことがあるんです。この碑文なのですが、どんな意味があるのかわからなくて」

トリスタンは写真を差し出した。

「これはどちらで？」

「市内のアパルトマンです。競売にかけるための目録を作成しなければならないもので」

念のために、トリスタンは適当な口実を用意していた。このご時世、空き家となったアパルトマンならざらにある。その家具や押収品の売り上げは、占領軍の資金源の一つとなっているのだ。

「こんな石を本当に売るおつもり？」

トリスタンはひるまなかった。

「この石は、ガラスケースに保管されていたのです。われわれは、持ち主が石に何らかの価値を見出していたものとみています」

「残念ながら、その石には何の価値もありません」

「つまり、この石の出自がわかるということですね?」

ジュリエットは椅子を指し、トリスタンに座るよう促した。

「ええ、パリの地下です」


トリスタンは、ジュリエットが持ってきてくれたパリの地図を食い入るように見つめた。通りや街区、歴史的建造物はそれとわかるのだが、一つだけわからないものがある。それは、ほぼすべての地区に見られ、場所によっては蜘蛛の巣を張りめぐらすように広がっている斑点の存在だ。

トリスタンは指さして尋ねた。

「これは何です?」

「昔の話になります。一七七四年十二月十七日のことです。この日、サン・ジャック地区のアンフェル(地獄)通り付近の住民たちが命の危機に晒されました。通りが三百メートル以上にわたって陥没し、底知れぬ巨大クレーターが出現したのです。一瞬の出来事でした。パリ市民は首都の根底にあるものについて、改めて思い知らされたのです」

「通りの名前からして縁起が悪い」トリスタンは皮肉った。「住民たちは、悪魔の仕業だと思ったんじゃないかな」

「この事故で、市民は忘れ去られていた事実に直面しました。それは、街全体が空洞の上に建設されているということです。地下にはいくつもの採石場があり、古代ローマ時代より何世紀にもわたって石が切り出されてきました。パリのどんな建造物にもその石が使用されたのです」

「つまり、われわれはグリュイエールチーズの上に住んでいるってことですか?」

「表皮近くまで浸食されたグリュイエールチーズってところでしょうね。地図を見てください。この斑点の一つ一つが、かつての採石場を示しています。さらには、それらを繋ぐ膨大な数の坑道が存在するわけですから、まさにシロアリの巣です」

「パリのすべての地区の下が空洞になっているのですか?」

「ほとんどの採石場は左岸に集中していますが、モンマルトルやベルヴィルにもあります。地下数十メートル以上にも及ぶ深部に位置する採石場もあるんですよ」

トリスタンは斑点が特に集中するモンパルナス界隈が気になった。

「ここも?」

「ええ。でも住民たちは安心して眠ることができます。崩壊する危険はもうないので」

「怪しいものだな……」

「パリの地下が空洞だらけであることを知った当局は、解決策を模索しました。そして、考えついたのが、空洞を埋めてしまうというもっとも単純な方法でした」

「でも、都市の下に広がる空洞を埋めるといっても、何で埋めればいいんだろう」

ジュリエットは足を組んで笑みを浮かべた。微笑んだその瞳がスーツと同じ色であることに、トリスタンは今さらながら気がついた。

「長期にわたって利用が可能で、安上がりで、手に入りやすいものといえば……答えは簡単、人骨です」

「いやいや、冗談でしょう?」

「事実です。一七八五年、パリのすべての埋葬地を空にする決定が下されました。こうして、三百を超える墓地から……その多くは中世のものでしたが……、遺骨が掘り出され、採石場跡に移されて、積み上げられたのです」

「カタコンベ(地下墓所)ということか……」トリスタンは呟いた。

「そのとおりです。数百万体の遺骨が、最終的にパリの地下に埋められました。わたしたちは、世界最大の墓地の上を歩き、暮らしているわけです」

トリスタンは思わず足もとを見下ろした。

「大丈夫。国立図書館の下に採石場はないので。この由緒ある建物が、あなたもろとも地下に呑みこまれる心配はありません」

「しかし、その話が石の碑文にどう関係してくるのですか?」

ジュリエットはスカートの皺を伸ばして膝を隠した。

「容易に想像がつくと思いますが、空洞の数や規模からして、数百万体の遺骨だけですべてを埋め尽くせるものではありません。そのため当局は、パリの地下空間の監視および保全を目的とした特別な機関——採石場監督局を設置することにしたのです。一七七七年に設立されたのですが……それでピンと来ませんか?」

トリスタンはハッとして写真を摑んだ。碑文の数字と一致する。

「そして、その指揮を任されたのが、有能な建築家として定評のあったシャルル・ギヨモです。石に刻まれたイニシャルを見てください」

一瞬にして《▲C▲G▲1777》の真相が明らかになる。トリスタンは驚いて、しばらく言葉も出なかった。自分が何時間も頭を悩ませていた謎を、会ったばかりのこの女性が事もなげに解いてしまったのだ。まるで謎かけ遊びでもするように。トリスタンはさらに詳しく聞き出そうとした。

「それじゃあ、そのシャルル・ギヨモは、パリの地下を歩き回っては自分のイニシャルを壁石に彫りつけていたというわけですか?」

「彼ではなく、作業員たちです。彼らは、坑道や採石場の安全を確保するたびに、作業完了の証として石に刻みつけたのです。ちょうど、中世の石工が切り出した石に印をつけていたのと似たような感じで」

「つまり、この石はある特定の場所を示していると？」

ジュリエットはヘアバンドを外して髪を下ろした。

「残念ながら、違います。シャルル・ギヨモが着任したのが一七七七年四月ですから、この石は同年の春から冬にかけて設置されたということを示しているに過ぎません。したがって、その期間中に作業員が働いていた場所を見つける必要があります」

「採石場監督局には当時の作業記録が残されているでしょうか？」

ジュリエットは、正解を知っている子どものように得意げに微笑んだ。

「詳細な作業記録が残されていますよ。そればかりか、この図書館にもその写しがあります。レファレンスサービスをご利用ください」

トリスタンは立ち上がりながら、ついでにもう一つ訊いてみた。

「おかげで、碑文の意味がわかりました。ただ、まだわからないことがあります。イニシャルと年号が三角の印で区切られていますが、これには何かわけでもあるのですか」

「それは……」ジュリエットはヘアバンドを付けなおしながら答えた。「フリーメイソンリーの会員であることの印です。ギヨモはメイソンだったんです。ギリシャ神話の九人の女神に因んで名づけられた〈九詩神(ヌフ・スール)〉――パリにある大東社(グラントリアン)のロッジのね」

「そこまで詳しい情報をどうやって知り得たのか、知りたいものだな」

「あら、話していませんでしたわね」ジュリエットは愉快そうに笑った。「わたしの先祖に当時の名士でその〈九詩神〉を立ち上げた天文学者[注6]がいるんです」

一八

ロンドン
マクグーハン通り

レイ・リンは軽く頷くと、壁一面深紅のビロードで覆われたサロンへクロウリーを案内した。

「模様替えをしたのか。前回来たときと違う」クロウリーは眉をひそめた。「わたしのアマゾネスの絵はどこへやった？　オイルを塗りたくって、全裸で取っ組みあうレズビアンを描いた……」

階段の上から声がした。

「ケンジントンの古物商のところよ。あの絵にはたとえようのない俗悪趣味しか感じられないからね」

クロウリーは上を見上げた。モイラがもったいぶってゆっくりと階段を下りてくる。地獄の火（ヘルファイア）クラブの支配人は黒いズボンにシングルのジャケットを羽織っていた。燃えるような赤い髪が青白い肌の色をいっそう際立たせている。口もとには魅惑的でありながら残忍な笑みを湛えていた。ラファエル前派のダンテ・ゲイブリエル・ロセッティの絵のモデルが務まりそうな容姿である。クロウリーは出会ったばかりの頃のアイルランドの少女に思いを馳せた。当時は従順な娘だった。今、目の前にいる女は、かつての弟子とは似ても似つかない。弟子は師匠を超えていた。〈紅仙女〉の異名をとるのにふさわしい貫禄ぶりだ。

「ここではもうドレスを着る者がいないのか？　世も末だな……」クロウリーはくつくつと笑った。「ときに、マン島のウィッチフォール作戦はうまくいったのかね？」

「ああ、いい機会だから、これぞと思う敵にこっそり呪文をかけておいたわ。もちろん、あの忌々しい首相にもね。それより、アレイスター、いきなり来るなんてどうしたのよ。今日は例の報告を持ってくる日じゃなかったはずだけど。こっちにも都合ってものがあるのよ。いったい何の用？」

「つれないね……モイラ。こちらは、友情の証としてプレゼントを持ってきてやったというのに」

クロウリーは茶色い革の鞄を床に放った。

「何よ、それ。生贄の新生児？　ＳＯＥのボスの頭だったらありがたいわね」

「ウィッチフォール作戦を撮影したフィルムのコピーだ。喜んでくれるんじゃないかと思ってね」

それまで険しかった〈紅仙女〉の表情が和らいだ。

「それは大助かりだわ。実を言うと、アプヴェーアの間諜に儀式の話をしてもなかなか信じてもらえなくてね。撮影フィルムがあれば、あの男も納得するでしょう。あんたに礼を言うのは癪だけど。まあいいわ……。バーで一杯いかが。それとも、お仕置きプレイの無料体験がいいかしら？　新しい調教師が入ったのよ。想像力豊かなフィンランド人の娘で、ジジイどものお仕置きが得意なんだけど」

「いや、結構。それより、はっきりさせたいことがある」クロウリーは切り出した。「タワーハムレッツの犠牲者と特徴のよく似た死体がロンドン市内で発見された。これで三体目だぞ、額にあのクソ忌々しい鉤十字が刻まれている死体は。わたしが濡れ衣を着せられている殺人事件の被害者と同じようにな」

「何の話だか……」

「なめるなよ、モイラ！　わたしには知る権利がある」

モイラはクロウリーのそばに寄った。

「じゃあ、こっちはいちいちあんたに話す義務があるわけ？　いつからそんな決まりになったのよ、アレイスター？　だいたい、そんな死体が出たくらいで騒ぎたてることもないでしょうが。わたしが殺ったって、誰かに吹きこまれたとか？　この街はろくでなしや殺人鬼や変質者で溢れている。わたしのちょっとした演出くらい模倣する奴なんて大勢いるんじゃない？」

「こちらにとっては深刻な問題だ。二度も三度も、犯人に仕立て上げられてしまってはかなわんからな」

そのとたん、モイラは堰を切ったように笑いだした。そして、鼻先が触れんばかりにクロウリーに顔を近づけた。

「ふん、男なんて、みな同じ。何でも自分中心に考える。わが身が一番かわいいんだわ」

「話をはぐらかすな。頼むから本当のことを話してくれ。いいか、モイラ、話してくれないと……われわれの関係も危うくなる。殺人事件が発生するたびにな、警察が乗りこんでくるのではないかと、びくびくしているのだ。わたしが何かに怯えていることは、ＳＯＥの連中もうすうす勘づいているようなんだ。くそっ……連中に怪しまれたら、一巻の終わりだ。もうおまえの役には立てなくなるぞ。なあ、別に頼まれてもいないのに、このフィルムを持ってきてやったことが、おまえに対する誠意の証だと、そうは思わないか？」

モイラは推し量るようにクロウリーの目をじっと見つめてから、素っ気ない声で言った。

「ついてきて」

クロウリーは二人の女のあとをペットよろしくいそいそとついていった。廊下には独房にも似た部屋が並んでいる。

「ここは今でも緊縛部屋のままかね？」クロウリーは一息つこうとした。「ちょっと覗い

ても いいかな？」

「見たけりゃ、どうぞ……」

クロウリーは扉を細く開けて、中を覗きこんだ。部屋のあちこちで男たちが縛られている。X字型の十字架や鞍馬のような器具に縛りつけられている者、手足の自由を奪われたまま床に転がされている者、天井から吊るされた鎖で両腕を拘束されている者。赤と黒のビロードのドレスにヴィクトリア朝様式のコルセットをつけた調教師の女が客の合間を縫うように歩いては、一人一人に激しい平手打ちと罵りの言葉を浴びせている。

「こんな時間にもうこれだけの客がいるのかね？」

「お仕置きするのに時間は関係ないからね」

モイラは呟くように言うと、先に立って歩きだした。

三人がバーの入口まで来たとき、半開きのドアからちょうど若い男女が出てきた。男は見事なブロンドで、全身を黒い革のファッションで統一している。女のほうは直線的で飾り気のない服を着ていた。二人はクロウリーを穴の開くほど見つめてから、素早くモイラと意味ありげな笑みを交わし、何も言わずに小部屋の一つに消えていった。

「美男美女のカップルだったな。客かね、それとも従業員かね？」

「あんたって、本当に詮索好きね。あの二人はどちらとも言えるわ。自ら手を下すことに喜びを得ているのよ。今からつまらない男を棒叩きの刑にするところじゃないかしら」

三人は店のバックヤードを通って、石畳の小さな中庭を抜けた。その先にある扉の前に筋骨たくましい守衛が立っていた。十八世紀の使用人に扮しているが、なにぶん頭が大きすぎ、髪粉（かみこ）を振った鬘（かつら）のサイズがまるで合っていない。

守衛は扉を開き、三人を奥の螺旋階段へと導いた。

湿った石の臭いが思いのほか強く、クロウリーは喉越しにそれを嗅いでいるような気がした。階段を下りるにつれて、錆びついた鉄の踏板の揺れがひどくなっていく。自分の体重に耐えられるか、クロウリーは不安にかられながら足を運んだ。

三人は地下の冷蔵室にたどり着いた。レイ・リンがドアを開けた瞬間、クロウリーは強烈な冷気をもろに顔に受けた。室内は暗闇に沈み、大きな肉の塊らしきものがフックに吊るされているのがかろうじて見える。

「何だ、あれは……」クロウリーが呟いた。

「さあ、よく見てごらんよ」モイラが答えた。

「わたしを中に閉じこめようったって、その手には乗らんぞ」

「年を取ってずいぶん臆病になったもんだね。あんたを殺すつもりなら、とっくの昔に始末しているわ」

モイラが明かりのスイッチを入れた瞬間、クロウリーは絶句した。

そこにぶら下がっていたのは食肉ではなく、人間だった。革紐で括った男の死体がフックから吊り下がっている。クロウリーは死体に近寄った。哀れな犠牲者の額には、鉤十字が刻みつけられている。

「これを見れば十分でしょ？　もうわかったわね？　アレイスターさん？」

そう言うと、モイラはレイ・リンに頷いてみせた。

「どうしてまた……こんなことを……」

「この男と並んでいるところを写真に撮らせてくれるなら、教えてあげてもいいけど」

クロウリーは首を横に振った。

「冗談じゃない。わたしをもう一度罠に嵌めるつもりか？」

「違うわ。保険をかけておくだけよ。あんたが警察に行って洗いざらいぶちまけたくなったときのためにね。写真と引き換えに、あんたの質問に答えてあげる。それが嫌なら、どうぞお帰りあそばせ。その代わり、わたしがこのロンドンの街を恐怖に陥れることにしたわけを、あんたは永久に知ることはない……」

地獄の火(ヘルファイア)クラブから百メートルほど離れた電話ボックスの中で、ロールは待機していた。周囲は爆撃で破壊された建物の残骸や瓦礫の山ばかりだ。そんな荒廃した街並みにぽつんと佇むこの赤い電話ボックスが、敵の侵略をかわし抵抗を続けるイギリスの姿を自ら具現しているかに思えてくる。ロールは煙草に火を点け、剝がれ落ちたコンクリート片の山をぼんやりと眺めた。黒ずんだ鋼鉄の梁が地面から突き出している。地中に半ば埋まった巨大なカマキリがもたげた前脚のようだ。

気が滅入ることこの上ない。この場所も、この任務も。

こんな探偵まがいのことをするためにSOEに志願したわけではない。ヴェネツィアから帰還して半年が経つが、その間ずっと我慢のしどおしだった。

ロールは時計を睨んで、悪態をついた。このままじゃ、約束の時間に間に合わないじゃないの。いったいどれだけ待たせる気よ、こんな灰色の荒廃した街の中で——。そう、ロールの私生活もまるっきり同じだ。灰色で荒廃している。同世代の女性たちは、年頃の女の子らしい生活を送っているのに。恋人がいて、友だちがいて、おしゃべりを楽しみ、落ちこんでいる夜は話を聞いてもらって……。それに引き換え、ロールには何もない。ほとんど何も。ルームメイトはいるけれど、何かを打ち明けることもできない。それがSOEの保安上の規則だから。

マローリーのアパートに行ったとき、ロールは初老にさしかかった男の独り暮らしを少しだけ意地の悪い目で見ていた。だが、自分だって人のことは笑えないではないか。それもこれも、すべてあの忌々しいレリックのせいだ。わたしに自由意思なんてあるのかしら？　ロールは自分が小さくて頼りない木の葉のように思えた。ある風の強い晩に、突然枝から吹き飛ばされてしまった葉のように。

公衆電話が鳴った。怒りで顔を紅潮させたまま、ロールは即座に受話器を取った。

「クロウリーはまだ中にいるのか?」受話器の奥でマローリーの淡々とした声が響く。

「もう三十分は経っています。あの人、ちゃんと約束どおり、クラブに入っていきましたよ。だから、もう帰ってもいいでしょう?」

「だめだ。クロウリーが出てくるまで待っていろ。何があるかわからんからな。モイラ・オコナーが予想外の行動に出ることも考えられる」

受話器を持つ手が小刻みに震えた。

「クロウリーさんだって子どもじゃないんですから、自分の身くらい守れますよ。誰か代わりの見張りを寄こしてください。刑事の真似事はたくさんです……。もう疲れてくたくたなんです」

「クロウリーの無事を確認するまでは帰るな。まだ任務中だぞ。忘れるな」

「いえ、帰らせていただきます!」

心の中に鬱積していた不満が一気に噴出した。ロールはいらいらして、電話ボックスの窓を人差し指でコツコツ叩いた。

「帰ると言ったら帰りますから!」

「何も聞かなかったことにしよう」

「ちゃんと聞こえているくせに! わたし、本当に心身ともに疲労困憊しているんです。

わかっていただけませんか？　野外で魔術の儀式に参加して、性的偏執者の魔術師に付きあわされて、死体安置所で検死に立ち会って。司令官のご自宅では魔法のスワスティカの話まで伺いました。それはよしとしても、わたしはもう復讐する気も失せましたし、誓いも忘れました」

「しかしだな、ロール……」

「それ以上は聞きたくありません。こちらの気持ちなんてどうでもいいのでしょう？　司令官には家族もいないし、友だちもいない。女性にも興味がありませんものね。まさかわたしにご自身と同じ道を歩ませるおつもりなんじゃないですか！」

電話の向こうでしばらく沈黙が続き、やがて、マローリーの声が受話器越しに響いた。

「わかった。エージェントを一人送る。そこで待っていろ」

「ついでに、車でパーティ会場まで送ってもらいたいんですけど」

一九

パリ
ポール・ロワイヤル大通り

トリスタンはコシャン病院の向かいのカフェのテラス席に座っていた。ビールをちびちび飲みながら、もう一時間近くも客の往来を観察している。この時間は人通りも少なく、テラスに長居する客もいないので、一息つける。

国立図書館を出たあと、トリスタンは回り道に回り道を重ねた。尾行されていないことは確認してある。通りかかった車がいったん減速し、それから走り去っていく。トリスタンは車を目で追った。運転手は助手席に少年を乗せていた。どうやらローゼンベルクの配下の者ではなさそうだ。ローゼンベルクの陰険な顔が脳裏をよぎる。最初に会ったときから、トリスタンはこの第三帝国公認の思想家とされる男の実像を摑みかねていた。フューラーの信頼を取り戻すべく、最後のロシア皇帝の宝石を手に入れようとしている落ちぶれた幹部に過ぎないのか。それとも、何か別に魂胆があるのか？　だが、これ以上頭を悩ませていてもしかたない。そんなものは漠然とした不安でしかないのだ。この三年、ずっとドイツのために働いているように見せかけてきて、その間幾度も窮地に追いこまれた。しかも、そのたびに危険度が増している。さすがに、そろそろ運も尽きかけていることだろう。いや、本当は運とは違う。自分でもそれは承知している。運ではなく、エリカのおかげだ。モンセギュールからベルリンまで、あらゆる試練を無事に乗り越えることができたのは。どんなに危険が差し迫っても、自分のことを愛しているエリカが助けてくれるだろうという確信——根拠のない確信だが——があったからだ。ところが、そのエリカが、今では自分を脅かすもっとも危険な存在となっている。

トリスタンは不安を断ち切り、ベルリンから届いた郵便物を開封した。封筒は糸と蝋で厳重に封印されていた。こんなところはローゼンベルクと違い、ヒムラーの仕事ぶりは信用に足る。封筒の中には、ヒムラーに進言した『トゥーレ・ボレアリスの書』に関する調査の報告書が入っていた。言語学者と昔の紙の専門家を呼んで手稿本を詳細に調べさせたらしい。トリスタンはすぐに報告書に目を通した。言語学者のほうは、意味論的な観点からはテクストは中途半端な終わり方をしていないと考察している。一方、紙の専門家は手稿本の最後のページが意図的に切り取られていると主張する。そして、その拡大写真が紙の専門家の言葉を証明していた。

つまり、何者かが最後のページを奪ったのだ。『トゥーレ・ボレアリスの書』を調べたその人物は、最後のページに書かれていることを理解し、それが極めて重要であると気づいたのかもしれない。下手をすると、その人物に先を越される可能性がある。

トリスタンは封筒を処分しようと立ち上がり、下水口に向かった。途中でコシャン病院のゲートの前を通りかかった。レンガと石の巨大な出入口は革命直前に建設されたもので、病人を受け入れるというよりも四輪馬車を通すことを前提としているような造りになっている。正面の構えや外観がいかにもフランスらしく、無用の長物に思えてならない。トリスタンはマジノ線を連想した。砦と大砲を備えたそのコンクリートの要塞線はどんな侵略からもフランスを守るとされたが、結局はそれを迂回してアルデンヌを突破したヒトラーにパリ入城を許すことになった……。トリスタンは歩を緩めた。明らかに来訪者に対する厳しいチェックはない。巨大な門扉はあれど守衛はなし。これぞまさにフランスだ。

封筒をちぎって下水口に捨ててしまうと、トリスタンはベンチに腰を下ろした。すぐには中に入らず、しばらくそこにいるつもりだった。ローゼンベルクにあとをつけられているかもしれないし、マルセルがいつ現れないとも限らない。安全を確認するため、まんべんなく周囲に視線を走らせる。駐車中の車、カフェのテラス、異常はないようだ。トリスタンは写真を入れた上着のポケットに触れた。写真の謎はもう解明されている。

ありがとう、ジュリエット。

ジュリエットのおかげで、石に刻まれた二つの文字はパリの地下採石場の管理を任された建築家シャルル・ギヨモのイニシャルであり、四つの数字は一七七七年という年を指すことが特定された。これで、グルジエフが残したメッセージの謎が明らかになった。メッセージは、パリの地下に広がる採石場のうち、一七七七年に工事を実施した場所を示すものだったのだ。

ジュリエットのアドバイスに従って、採石場監督局の記録の写し――百年以上も閲覧されることがなかったため、紙は乾燥していた――を確認したところ、該当する場所がわかった。カピュサン採石場――一七七七年の春にギヨモが局長に着任したとき、最初の調査が実施され、作業員の石工たちが補強工事に投入された場所だ。

その名を聞くと、ジュリエットは係に詳細な地図帳を持ってこさせた。そこには、地区ごとに、地下に張りめぐらされた坑道が地上の建物や通りに重なる形で表示されていた。採石場跡は黄土色で、それらを繋ぐ坑道は赤い線で表されている。その地図は一八五五年に調査官のウジェーヌ・ド・フルシーによって作成されたものだという。一〇ページを見ると、カピュサン採石場はコシャン病院の真下にあることがわかる。

解説によれば、この地下空間は全長一キロ以上あり、ほかの地下採石場と連結していないという特徴がある。おそらくギヨモがまず手はじめにこの場所を選んだ理由がそれなのだろう。たとえ、工法を誤っても、崩落がほかに伝播することはなく、被害を最小限に止めることができるからだ。

「いわば実験台ね」とジュリエットが言う。

その実験台とされた場所が、グルジエフがローゼンベルクの追跡から逃れるために選んだ避難所だったのだ。どうやってこの場所の存在を知りえたのかは謎だが、一つ考えられることがある。パリには、都市の深部に忍びこみ思い思いに楽しんでいる愛好家（カタフィル）のグループが複数存在する。地下に静けさや孤独を求める者もいれば、逆に、鞲鞴を買いそうなドンチャン騒ぎに興じる者もいるのだが、グルジエフがこういったグループのいずれかに出入りしていた可能性はある。あるいは、秘密の儀式にふけるために地下を利用するサークルに入会していたのかもしれない。秘教のミサや魔術の儀式、悪魔礼拝などのような……。

トリスタンはベンチから立ち上がると、病院の門に向かい、すんなり通り抜けた。問題は、地下に通じている入口がどこにあるかだ。コシャン病院が既存の建物を取りこんだり、新しい棟を建設したりしながら拡大していくのに合わせて、地下採石場に下りる入口も移動を繰り返してきた。最終的にはどこに移されたのだろう？

採石場監督局は、フォーブール・サン・ジャック通り沿いにあるオリエール棟に面した中庭の簡単なスケッチを残してはいるものの、正確な位置までは明示していない。棟の外壁か内側に入口の扉があるのか。それとも、地面にあけたマンホールのような縦孔に板で簡単に蓋をしてあるだけなのか。

しかし、最新の地図に記載されている注釈にヒントがあった。開戦直前にカピュサン採石場は防空壕として使用するために徴発されたらしい。地下十八メートル以上の深さにあるパリの採石場跡はどんなに激しい爆撃にも耐えられるうえ、数百人を収容することができる。ということは、軍によって採石場に下りるための階段が設置されたあと、装甲扉が取りつけられたに違いない。

つまり、装甲扉を見つければいいわけだ。

病院は街の中にあるもう一つの街のようだった。いたるところに時代の異なる建物が建つ。装飾的なファサードでそれとわかる革命前のものがあるかと思えば、近代に建設された、病棟や研究所を備えたものもある。トリスタンは、パリのほぼ一地区を占めることとなった敷地の広がりをたどるように進んだ。人気（ひとけ）のない中庭やアンモニア臭のする廊下を渡り、たまに白衣や喪服の人たちとすれ違う。行く先々に生と死が分かつことのできないものとして存在していた。担架を通すために脇に寄りながら、トリスタンはドイツの軍服にまだ一度も出会っていないことに気づき、ほんの一瞬嬉しくなった。あのフィールドグレーの色はもう見たくもない。

ガラスドアを抜けると、敷石の剝がれた中庭に出た。頭の中の地図のとおりならば、このどこかに採石場の入口があるはずだ。

中庭は無人だった。トリスタンは表の扉を一つ一つ見て回った。扉はどれも木製で、事務室や診察室に通じているようだ。装甲扉は見当たらない。

どうやら地図は違っていたらしい。

「あなたなら見抜けるかと思っていましたけど」

振り返ると、そこにジュリエットが立っていた。ヒールをサンダルに履き換え、青と白のリボンを巻きつけた麦藁帽子を被っている。

「なぜここに？」トリスタンは警戒感を露わにした。「あとをつけて来たんですか？」

「あとをつけるまでもないわ。ここに来るものと思っていましたから。ただ腑に落ちないのは、単に目録を作成すると言うわりには、あなたがやけに専門的なことに拘っていることです。競売にかける品一つにそこまで熱意を燃やすものかしら？」

トリスタンは仮面が剝がされてしまったことに気づいた。嘘の上に嘘を重ねてもうまくいかないことは、経験上よく知っている。

「すまないが、採石場に行かなければならない本当の理由を教えるわけにはいかない。ただ言えるのは、とても危険なことで、だから……」

「……だから、帰れと？　もう遅いわ。こっちはあなたに協力する気になっているの。今さら諦めるつもりはないわ。わたしもその碑文に何が隠されているのか知りたい。それに、わたしがいなかったら、あなたはここまでたどり着けていないはずよね……」

トリスタンはジュリエットを説得しようとした。

「取り返しのつかないことになるかもしれないんだ。本当だ。ついてきてほしくない。地図の上でしか知らないほうがいい世界もある」

ジュリエットは帽子を取ると、トリスタンの目をじっと見据えた。

「こちらにも考えがあるわ。交換条件といきましょうよ。あなたはわたしを連れていく。その代わり、わたしは……」

「断る！」

「……カピュサン採石場跡の入口がどこにあるか教えるわ」

トリスタンは唖然とした。てっきり単なる仕事の虫か本の虫だとばかり思っていたのに、相手が駆け引きに長けた女性だったとは。

「きみが本当に入口の場所を知っているという証拠は？」

「あなたとわたしのどちらに適性があるかは、もう経験済みではなかったかしら？」

「たいした人だな、きみは」

「あら、わかってもらえてよかったわ」

トリスタンはもはや選択肢がないことを悟った。とにかく、ジュリエットが助けになることは間違いない。

「よし、いいだろう。でも、一つ条件がある。俺が引き返すように言ったら、そのときは指示に従ってほしい」

「ならば帰り道がわかるように小石を撒いておくわ、ペローの童話の〈おやゆび小僧〉みたいに」

「それがいい。地下にいないとも限らない怪物の餌食になりたくなければね……。それじゃ、さっそく教えてくれ。入口はどこだ？」

ジュリエットはオリエール棟の並びの、それほど古くない建物を指した。物置のような建物で、窓が埃を被っている。

「行きましょう」

トリスタンはジュリエットのあとに続いた。中庭を横切り、建物内に入ると、中には廃品が山と積んであった。スプリングの飛び出したベッドや引き出しのなくなった薬品庫のあいだに、古びて黒くなった鋳鉄製ボイラーまで置かれている。

「あそこよ」

フォーブール・サン・ジャック通り側の壁の左隅に、潜水艦の水密扉に似た黒い長方形の扉がある。ジュリエットは扉に近づき、鉄のハンドルを回してロックを解除した。乾いた音がして扉が少し動き、隙間の暗闇からひんやりとした空気が流れ出す。ジュリエットはキャンバス地のバッグから二本のロウソクを取り出した。

「準備がいいね」トリスタンはライターを手渡しながら言った。

ジュリエットは笑みを浮かべ、片方のロウソクに火を点した。炎に照らされてその顔が金色に輝き、さながら秘儀を執りおこなおうとする古代の巫女のようだ。トリスタンは音を立てないように鉄製の扉をゆっくりと開けた。ロウソクを掲げ、ジュリエットが一歩前に踏み出すと、目の前に闇の奥へと下りていく階段が現れた。ジュリエットは振り返り、おどけて最敬礼をしてから言った。

「ようこそ、地獄へ！」

二〇

ロンドン
地獄の火クラブ

男の死体が左右に揺れている。ギシギシと、肉吊り用のフックがレールと擦れあう音が聞こえる。男の両腕は優美に垂れ、冬枯れの柳の枝さながらである。モイラは玩具で遊ぶようにもう一度人差し指で胴を押すと、天井から吊るされている男に目を細めた。

「トムはね、凍死とか病死とか、あるいは爆撃で命を終えていたかもしれない。つまり、ありふれた死よ。そのありふれた人生と同じようにね。でも、彼は一両日中に後世に名を残すようになる。大勢のイギリス人が、その名前、そのつまらない人生、そして、その崇高なる死を知ることになるわ。トム・ハックニー、バタシー発電所主任、二児の父親」

「わざわざおまえが選んだのか？」

「生贄を見つけてくるのはわたしじゃない。代わりにやってくれる人たちがいる。とにかく、今回は男をターゲットにしたかった。いかにもオスって感じの男をね。あんたさ、わかっている？　激しい暴力や残忍な殺人の犠牲になるのはいつも女性なんだからね。切り裂きジャックの女版なんて、イカすじゃない？　今度は男どもが恐怖におののく番よ。でもって、どうするのよ？　決心はついたの？」

すぐにでもこの地獄を抜け出して地上に戻り、〈紅仙女〉のことは永遠に忘れ去りたい。だが、それでは自分の敗北を認めることになる。葛藤の末、クロウリーは腹を括った。

「よし、そっちの要求に応じよう……」

「まあ……」モイラは声を弾ませた。「じゃあ、ここに来てトムを抱き締めてやって」

レイ・リンが死体に寄って、カメラを構えた。

「最高に傲慢で、変態っぷりも露わな表情を作りなさいよ。さあ、その善良な小市民の隣でポーズをとるのよ。これは、あんたに密告されないようにするための保険なんだから。だけど、それ以上の価値があるわね。はい、にっこりと笑って。ほら、もっと頰をすり寄せて！　もうちょっと優しく抱いてあげて」

クロウリーは死人の胴体に腕を回した。マグネシウムが閃光を放った。

「おい、おかげで体がすっかり冷えきってしまったぞ」クロウリーは顔をしかめ、哀れっぽい声で訴えた。「肺炎になって死んじまうじゃないか……。しかし、まあ……これでそっちの望みは叶っただろう。さあ、教えてくれ。なぜこんな人殺しを続けるのか？」

「さっきも言ったじゃないの。わたしは殺ってない。死体は調達してもらうのよ。わたしは指示を与える立場。仕上げに、死体は市内の発見されやすい場所にあ、の、子たちが置いてくるのさ」

「あの子たちとは誰のことだ？」

　そのとき、ブーツやら何やらの足音が入り乱れて地下に響き渡った。何かを引きずるような音も交じっている。

「噂をすればなんとやら……」モイラが呟いた。

　階段の下に一組の男女が現れた。二人は、足首までズボンを下ろした男の腕を持って引きずっていた。冷蔵室の前まで来たところで、ランプの光の中に二人の顔がくっきりと浮かび上がった。クロウリーはすぐにわかった。先ほどバーの前で出会った若いカップルだ。青年のほうは二十代前半と思われ、まるで天使のような美しい顔をしている。

「アレイスター、わたしの計画に協力してくれている助手たちを紹介するわ。コンラッドにスーザン。すごく仕事熱心な二人よ」

「この人は何者？」スーザンが尋ねた。「まともな人間には見えないけど」

「アレイスター・クロウリー、この店の前のオーナーよ。暇なときは魔術師で、時おり色情狂。今は、わたしの下で働いているスタッフの一人。この人のことは気にしなくていいから、仕事を続けて」

　二人はモイラの前を通り過ぎると、引きずってきた男を床に置いた。冷たい金属の上で男のたるんだ白い肉体が長々と伸びている。

「おまえたちは、その男も殺すつもりかね？」

「あら、まさか。殺しはしないわ。この人、うちの常連さんで、VIPだからね。特殊作戦統括本部で働く大佐なんだから。今は薬で眠ってもらっているだけ」

　コンラッドが吊り下げられた死体を下ろし、眠らされている大佐の横に並べた。すかさずレイ・リンがカメラのフィルムを交換する。

「なるほど、そういうことか……」クロウリーは唸った。

〈紅仙女〉はにやりと笑った。

「ようやくわかったようね。タワーハムレッツ墓地で死体が発見されたときと同じことだよ。弱みを握られたあんたは、あれ以来イヌのように従順になり、こちらに情報を流してきた。それを知ったドイツの同志から要請があったのさ。同じ方法を使って、クラブの顧客で重要な立場にある人物から情報を引き出してくれとね」

「そして、おまえは引き受けた……」

「そうよ。わたし自身が殺人を犯さずに済むのであればという条件付きでね。わたしはカモを提供する。そして、こちらの二人がお膳立てをするということで話がついている」

「薄汚い女だ……」

「あんただけには言われたくないね」

　冷蔵室内をフラッシュの閃光が走った。いつの間にコンラッドとスーザンがモイラのそばに来ている。

「いったい何人を罠に嵌めるつもりだ？」クロウリーは尋ねた。

「うちの顧客で戦略に関わるような地位にいる人間はそんなにいないからね……。陸軍准将と庶民院の有力議員はこっちの思いどおりになっている。貴重な新メンバーよ」

　コンラッドが煙草に火を点け、何も言わずにクロウリーに目を向けた。動物園の動物でも見るようにしげしげと観察している。スーザンがそばに来て、腰に手を回しながら言った。

「なんか、あの人、好きになれない。醜いもの」

「人種的には、なかなか興味深い標本だよ」コンラッドが応じる。「もちろん、下等人間には違いないが……」

　クロウリーは交互に二人を凝視した。

「こちらのお二人さんはナチスがお好きのようだが、どこでスカウトしてきたのかね、モイラ？」

「最近、あちらさんが送りこんできたのよ。コンラッドはドイツ人で、スーザンはイギリス人。一九三九年、開戦直前にミュンヘンで結婚したカップルよ。ベルリンオリンピックの折に出会ったらしいわ。美しいラブストーリーでしょう。スーザンのフューラーに対する敬愛ぶりといったら、凄まじいくらいよ」

クロウリーは二人に軽蔑の眼差しを向けた。

「おたくらが子宝に恵まれたときには、ぜひわたしに一人譲ってもらいたいね。サタンに捧げるには、種の交配によって劣化した赤子が必要なのだ」

「このデブ！　あんたからは裏切りのにおいがプンプンするよ」

スーザンはそう言い返すと、モイラのほうを向いた。

「気づきませんか？　こいつは裏切り者ですよ」

「わかっているわ。でなけりゃ、わたしたちのために働くわけがないからね。しょうがない、あんたたち、相性が悪いようだから……。アレイスター、今日のところはこれで解放してあげる」

「本当かね、わたしを殺して、ここに吊すつもりじゃないのか？」

「馬鹿だね……あんたには死ぬより生きていてもらったほうが、わたしにとって都合がいいの。レイ・リンが上まで送っていくわ」

「タクシーを呼んでもらえたら、ありがたいが」

「ポーターに頼んで。さあ、こっちの気が変わらぬうちに、とっととお行き」

クロウリーは二、三歩あとずさり、それからくるりと背中を向けると、そそくさと階段を上がっていった。

クロウリーの姿が見えなくなると、スーザンがぶすっとした声でモイラに訊いた。

「この大佐はどうします？」

「紫の間に移してちょうだい。三時間ほど眠れば目が覚めるだろうから、そしたら、すばらしい芸術写真を見せてあげるとしましょう」

コンラッドはトムの骸の上で煙草を揉み消した。

「俺もスーザンの言うとおりだと思いますよ。今しがた帰っていったあのブタ野郎、あいつは信用ならない。あの男が独りでここに来たと思います？」

「どういうこと？」

「ベルリンにあるアプヴェーアのスパイ養成学校では、密告者に適用すべき鉄則を叩きこまれます。決して相手を信用しない。相手を尾行せよ。相手が二重スパイでないかを確認するためです」

モイラは冷蔵室の扉を閉めた。

「アレイスターは怖がって、わたしを裏切るなんてできやしない」

「確認しておいたほうがいいですよ」

そう言うと、コンラッドはモイラの返事を待たずに素早く階段を駆け上がっていった。

二一

パリ
コシャン病院

意外にもパリの地下はそれほど寒くはなかった。階段が最初に右に折れたところでそのことに気づかされた。ゆらめくロウソクの光のもと、温度計は十三度を指している。

「ワインの貯蔵に最適な温度なのよ」ジュリエットが言う。「実際、十九世紀に多くの酒屋が採石場をワイン樽の貯蔵庫として使っていたの」

さらに長い時間をかけて下りていくと、二つ目の踊り場に出た。セメントで塗り固めた壁に木の板が取りつけられ、かけ釘にガスマスクがぶら下がっている。

「一度も使われていないらしいな」トリスタンは指摘した。「見るからに、この場所は長いこと放置されたままのようだ」

「噂では、レジスタンスが移動するのにこっそり坑道を使っているとか。それをゲシュタポが追跡しているわけだから、あえて地下まで下りてこようとする人なんていないでしょうね。少し前までは、まだ石を切り出しているところもあったのに」

「この区画でも？」

ジュリエットは首を横に振った。

「いいえ。ルイ十四世時代を最後に採石はしていないわ。ここの切石を使ったパリの建造物は、天文台とヴァル・ド・グラース教会が最後となったの。でも、そのあとはここでマッシュルームの栽培やビールの醸造がおこなわれていたそうよ」

階段を下りきると、目の前に二本の坑道の入口があった。一方は真っ直ぐに延び、もう一方は真横に向かっている。ジュリエットが地図を広げた。

「手に入った地図のうち、最新のものがこれなんだけど、右側の坑道の突き当たりが防空壕になっているみたい」

空襲警報で人が殺到するかもしれない場所にグルジエフが潜んでいるとは考えにくい。だが、きちんと確認しておく必要がある。

「さっきの約束を覚えているね？　きみはここで待っていてくれ」

「何か問題が起きたら？」

「すぐに地上に戻って……俺のことは忘れろ。きみのためを思って言っている」

トリスタンは石で築いたトンネルの中を進んでいった。間もなく地上の入口と同じような扉に突き当たった。半開きの扉の向こうにさらに二本の坑道が延びており、地図で確かめるとその先で一本に合流している。それぞれ確かめる必要があるだろう。トリスタンはロウソクの火に手をかざし、明るさを抑えながら歩きだした。踏み固められた土が足音を吸収する。ジュリエットによれば、この坑道には窪みも穴も側道もないという。身を潜められそうな場所は一切ないのだ。逆に、誰も調べに来ないものと踏んで、グルジエフがこの坑道を選んでいるとも考えられる。

トリスタンは十メートルおきに立ち止まっては耳を澄ましたが、聞こえるのは自分の心臓の鼓動だけだ。道幅が次第に狭くなり、圧迫感を感じるようになってきた。さらに進むと、持ち送りアーチ構造の壁に扉があり、新たな通路へと続いている。地図によると、その突き当たりに螺旋階段があって、地上に通じているらしい。念のため確認しておくべきだろう。ひょっとしてグルジエフが止まり木の鳥よろしく、階段の一番上に座っているかもしれない……。

しかし、足もとに転がる石に気づき、すぐにトリスタンは確認する必要はないと判断した。通路の先に大量の石の山ができており、行き止まりになっている。きっと保安上の理由から、軍がわざと古い通路を崩落させて使えないようにしたのだろう。これはもう引き返すしかない。

「おや、労して功なしですか」

そんな古めかしいもの言いをするのも、きっと本漬けの生活を送っているからだろう。

それが教養の深さと相まって、さらにジュリエットの魅力を引き立てていた。

「しかたない。場所を変えてみるとするか」

「わたしに案内させてもらえるかしら」

そう言ってジュリエットが向かった先に小部屋のようなスペースがあった。驚いたことに、その脇には凝った造りの井戸があり、白い階段状の囲いから青く光る水面が覗いている。

「セーヌ川とは大違い」ジュリエットが皮肉った。「ここまで地下深く潜ると、自由地下水にじかに触れることもできちゃうのよね。ギヨモの下で働く作業員が採石場跡の安全を確保するためにまずおこなったのが、井戸を掘ることだったの。支持壁用のモルタル作りには水が欠かせないから」

トリスタンは思わず井戸の囲いから手を伸ばした。水は周囲の空気よりも冷たく、澄み切っている。グルジエフが喉の渇きで死ぬことはなさそうだ。最低限の食糧を持ちこんでいれば、数週間はもつだろう。

「あの坑道はどこに通じているのかな?」

トリスタンは闇に沈む細いトンネルを指しながら訊いた。

「カピュサン通りに沿って、ブルギニョン通りまで延びているわ」

打てば響くような受け答えにトリスタンが驚いていると、ジュリエットは説明した。

「位置を把握しやすくするために、ギヨモは地上の通りに対応するように坑道を張りめぐらせたのよ」

「要するに、地下は地上とまったく同じように道が走っているわけか」

「そのとおり。たとえば、わたしたちがいるこの場所は、ちょうどカピュサン通りが旧性病病院にぶつかる地点なの。ほら、そこのプレートに書いてあるでしょう」

ジュリエットが指さしたプレートには〈性病病院下〉とある。

「当時、どんな患者が駆けこんできたかは今さら言うまでもないけれど、この病院の立派な施設もあとからコシャン病院に統合されてしまったわ」

そう言うと、ジュリエットはロウソクで中を照らしながら手前の坑道に入った。側面には袋小路状の洞窟がいくつも並ぶ。そのうちの一つには、経年により褐色に変化した頭蓋骨が床から天井までぎっしりと納められていた。

「ギロチンの露と消えた革命家の死体の多くが最後にはカタコンベに放りこまれたんですって。崇拝の対象とならないように、念のため頭と体をバラバラにして……。今あなたが見ているのは、ダントン(注7)やロベスピエール(注8)の亡骸の一部かもしれないわ」

トリスタンは答えなかった。坑道の奥にきっちりと石を組んだ壁が見えたのだ。そこから先の侵入を禁じているようだ。ジュリエットが再び地図を開く。

「ヴァル・ド・グラース教会の敷地の境界を示す補強壁だわ。採石場の残りの部分を探索するなら、右へ行かないと。残るはサンテ通りの両側に当たる部分で、坑道が入り組んでいるところだけど……正真正銘の迷路よ。わたしなら、この場所に隠れるでしょうね」

「どういう意味？　俺が誰かを探しているような言い草だな」

ジュリエットは顔にロウソクを近づけた。明るい灰色の瞳がキラリと光る。

「これまでずっとパリの地下は逃亡者たちにとって最後の砦だった。マラー(注9)もそうだし、そのあとも、多くのパリ・コミューンの活動家たちが地下に潜伏していたわ。当局に追われる身であれば、まずは地上を離れ、闇の国に向かうでしょうね」

トリスタンが口を開こうとしたとき、背後で物音がした。採石場の入口のほうから聞こえたような気がする。

「採石場にネズミなんているのかな？」

「いいえ。下水道とは違って、ここには食べるものがないから。石が崩れ落ちる音だと考えたいところだけど、あなたはそうは思っていない。ここに誰かがいるってことなのよね？」

「きみは何を訊いても答えられるんだね」トリスタンは話を逸らそうとした。

「一緒にいる限り、答えられそうよ」

二人は右手に向かった。

耳を澄ましても、何も聞こえない。トリスタンは腰にそっと手をやり、ルガーを確かめた。これが必要になるときが来るかもしれない。自分ではなく、ジュリエットを守るために。

「さあ、いるのか、いないのか……」

そこまで言いかけてジュリエットは黙りこくった。目の前で、いきなり通路が塞がれている。

行く手を阻んでいるのは石の堆積だった。

坑道の天井が崩落して円錐形の山ができていた。これでは終点までたどり着けない。

「あなたの尋ね人がこの向こうにいないといいのだけれど。地図を見ると、この先は出口がないのよ」

トリスタンは石の障壁に近寄ると、足場を確かめながら円錐の頂点に向かってよじ登りはじめた。

「ちょっと正気なの?」ジュリエットが慌てて叫んだ。「危険よ。いつ崩れてもおかしくないわ!」

「危険は覚悟のうえだ」

二二

ロンドン
S局本部

「なんだって！　ロールがいない？」マローリーは声を張り上げた。

「今、地獄の火(ヘルファイア)クラブの通りの角にある電話ボックスからかけているのですが」受話器の向こうでSOEのエージェントが答える。「付近をいくら捜しても、見当たりません」

「ルームメイトと連絡をとってみてくれ。彼女はその人とレストランで会う約束をしていたはずだ。おそらく、きみが来るまで待てなかったのだと思うが。何かわかったら、すぐに知らせろ」

電話を切ると、マローリーは荒々しく立ち上がった。いや、やはりおかしい……。胸騒ぎがした。誰かを迎えに寄こせと頼んだのは、ロール、きみではないか……。

マローリーが落ち着きなく歩き回るのを、クロウリーは肘掛け椅子から眺めていた。

「お嬢は本当にパーティに行きたがっていたからね。おたくも承知しているだろうが、あの娘は気が短くて、せっかちな性分だ」

「そうかもしれないが、どうも引っかかる。しかも、モイラ・オコナーが仲間の殺し屋を使ってよからぬことを企んでいると、あんたから聞いたばかりだしな」

「連中に拉致されたというのか？　だったら、連中はどうやってお嬢の存在を知ったというのだ。クラブを出てからは、われわれは接触していないぞ。お嬢が離れたところからこちらに小さく手で合図を寄こした。それだけだ」

「いや、そこが気になる。もし、あんたがクラブを出たあと、モイラの仲間に尾行されていたとしたら……」

「ならば、警察に家宅捜索させればいい。ＳＯＥなら、スコットランドヤードに応援要請できるだろう？」

「そうしたいのはやまやまだが、警察に通報したら最後、モイラ・オコナーを利用することができなくなる。あの女がドイツのスパイの手先だったことがばれて、こちらは大切な切り札を失ってしまう。大切な、得がたい切り札だ。せっかくのウィッチフォール作戦も水泡に帰す。ベルリンにフィルムが送られることもない」

マローリーが机のへりに腰掛けたとたん、内線電話の赤い着信ランプが点滅しはじめた。しかし、マローリーは受話器を取ろうとしない。

「悔やんでも悔やみきれん！　嫌がるものを、無理に同行させた。彼女はモイラが一連の殺人事件の首謀者だと睨んでいたのに、わたしはまったく聞く耳をもたなかった」

「とにかくエージェントからの連絡を待とう。そんなに時間はかからないはずだ」

「それはそうだが……さしあたっては、モイラから聞いたことをすべて書き出してくれ。連中が軍や政府の関係者から情報を得ようとしているなら、それが誰なのかを特定しておく必要がある。国家安全保障に関わる問題だ。ＭＩ５と首相官邸には知らせておく。それから……」

ドアをノックする音がした。マローリーは声を荒らげた。

「あとにしてくれ！」

ドアの向こうから秘書のやや尖った声がする。

「司令官、今しがたお電話を差しあげたのですが。たいへん重要なお知らせです」

「いいから、こっちは急ぎなんだ！」

ドアが開き、若い女性が毅然とした足取りで入ってきた。マローリーは怒って秘書を睨みつけた。

「ケイティ、聞こえなかったのか。あとにしろと……」

しかし、秘書は怯むことなくマローリーの前に立った。

「この書面を今お渡ししなければ、司令官はわたくしのことを一生恨むでしょう」

マローリーは秘書の手からひったくるように紙切れを受け取った。

「まったくきみは……」

そう言いかけて、マローリーはその文面に釘付けになった。

「どうしたのかね？」退席しようとしていたクロウリーが訊いた。

マローリーは一呼吸置いてから書面を机の上に置いた。

「フランスで傍受された親衛隊最高司令部の通話記録の要約だ。MI6が知らせてきた。パリを訪問中のアルフレート・ローゼンベルクの行動を監視するようにヒムラーが要請したという」

「ああ、あのアルフレートか。それなら戦前からよく知っている。あの男も神秘思想に傾倒していた。トゥーレ協会のメンバーでもあったな」

「それればかりか、ナチスの窃盗集団の先頭に立ち、多数の文化遺産や絵画を略奪している」

「あの男が気になるのか？」

「いや、そうではない……。ヒムラーは配下のエージェントにローゼンベルクを監視させているらしい。エージェントの名はマルカスという……」

「では、無事に生きていたんだな。彼は神々を味方につけたのだ。朗報ではないか……」

「本当にそう思うか？　ロールが失踪した日に、あいつの無事を知るとはな。運命とは皮肉なものだ……」

二三

パリ
コシャン病院

瓦礫の山は坑道の天井近くまで達していた。山頂まで登りつめたところで、トリスタンは辺りを注意深く調べた。山の麓とは様相が異なり、石がしっかりと人為的に積まれているように見える。一つ、二つと石を抜き取っていくと、ひんやりとした空気が通り抜けた。やはり、自分の勘に狂いはなかった。グルジエフは追っ手に追跡を断念させるつもりで、この瓦礫の山を利用していたに違いない。頂上まで登り、石をどけて通り道を確保し、それを目立たぬように隠しておいたのだ。トリスタンはジュリエットのほうを振り返った。

「この奥まで調べてくる。すぐに戻る」

そう言うが早いか、開口部に潜りこんだ。山の反対側に出ると、傾斜ははるかに緩やかになっていた。ところどころに手がかり、足がかりまで設けられている。トリスタンは素早く山を下った。とにかく今はグルジエフを怯えさせてはいけない。もし向こうが武器を持っていたら、暴走する恐れがある。

トリスタンは少しだけ前に進んだ。地図によると、坑道は数十メートル先で終わっている。地下だから、声はよく通るはずだ。

「グルジエフさん、あなたがそこにいることはわかっています。わたしは息子さんのベッドの下の床に隠されていた石を発見しました。そこに刻まれていたイニシャルと数字が、わたしをあなたのもとへと導いたのです」

何の反応もない。

「わたしは、あなたの正体を知っています。あなたがロシア皇帝一家の付き人で、フランスに逃がれてきたことを。なぜあなたが追われているのかも知っています」

やはり答えはなかった。

「いいですか。今からわたしは十歩前進して、その場で銃を置きます。それから、反対を向いて、十歩戻ります」

トリスタンは十歩進んでルガーを地面に置くと、向きを変えて歩きだした。十歩目を数えたとき、「動くな」とロシア語の訛りが残る声が響いた。トリスタンは両手を上げた。

「武器はそれだけか?」

「はい」

人が動く気配がし、それに金属音が続く。拾い上げたルガーを確認しているのだろう。

「こちらを向け」

振り返ると、目の前にランタンを手にした男が立っていた。ボサボサの白髪に、伸び放題の髭。自転車に乗るロシア皇子を支えていた上品な家庭教師の面影はそこにはない。

「わたしはマルカスといいます」

グルジエフは狐につままれたような面持ちで見返している。

「ローゼンベルクがあなたを寄こしたのか？」

その問いにトリスタンは面食らい、一瞬答えに詰まった。

「なぜそれを？」

「あの男はもう何年もわたしを追い続けている。わたしを捜し出すためにナチスにいるようなものだ」

「どういうことでしょうか？　彼のことはいつ知ったのですか？」

「最初に会ったのは一九一七年、モスクワだ」

トリスタンは、フランクフルトへ向かう車中で髭の大尉から聞いた話を思い返した。確か、ローゼンベルクは革命が始まって間もない頃までロシアの首都で建築の勉強をしていたはずだ。

「大学で出会ったのですか？」

グルジエフは鼻で笑った。

「ローゼンベルクは大学よりも頻繁にオカルトのサークルや影響力のある団体に出入りしていた。当時からあの男は権力志向だった」

　そこまで言うと、グルジエフはルガーを構えた。

「で、そちらの要求は何だ?」

「ローゼンベルクは、あなたが皇帝一家の宝石類を所持していることを知っていて、それを手に入れようとしています」

「そんな話を真に受けているのか?」

「あなたは皇后の指輪を売りましたよね?」

　グルジエフがひるんだところを、トリスタンはすかさず畳みかけた。

「そちらにはわたしの銃がありますから、逃げることもできるでしょう。しかし、ローゼンベルクに見つかれば……」

「わたしを脅そうというのか?」

「いいえ。提案です。宝石と引き換えに、あなたの命と自由を保障します。ローゼンベルクに宝石を渡してしまえば、もう何も恐れることはありません」

　グルジエフの瞳が爛々と燃え盛った。

「わかっていないな。ローゼンベルクは宝石を欲しがっているわけではない……」

　突然、悲鳴が聞こえた。

「気をつけて！　銃を持った男がそっちに行った！」

ジュリエットが叫んでいる。

いきなり瓦礫の山の上から男が転がり落ちてきた。男は地べたに伏したまま動かずにいる。マルセルだ。トリスタンがそっと近づくと、マルセルはバネのように跳ね起き、トリスタンにリボルバーを向けてからグルジエフに狙いを定めた。

「おい、そこのロシア人、ハジキを捨てろ！　言われたとおりにしねえと、どたまにこいつをぶちこむぞ」

「彼に宝石を渡すんだ」トリスタンは叫んだ。「殺されるぞ！」

グルジエフが空いたほうの手で懐から袋を取り出し、放り投げる。弾みで指輪が一つ飛び出し、地面に転がった。マルセルが目の色を変え、急いで拾おうとした瞬間、ルガーが火を噴いた。

血しぶきを上げて壁に叩きつけられながら、マルセルが引き金を引く。

グルジエフもその場に崩れ落ちた。トリスタンは壁に寄り掛かった状態のマルセルからリボルバーを奪い取ると、グルジエフのほうに駆け寄った。

「この真上は病院です。すぐに行きましょう」

「もう駄目だ……」

トリスタンはグルジエフの上着を脱がせた。鼠径部の上を撃たれ、動脈が完全にやられているようだ。患部を押さえる指のあいだからどくどくと血が溢れ出している。

「ローゼンベルクは……モスクワで……オカルト集団に……出入りしていた……。彼らは自分たちを選ばれし者と信じ……神聖な印を崇めていた……。回転する星……」

「話さないで。体力を消耗してしまいます」

「……ツァーリが国外に移したからだ……すべてが崩壊したのは……。クレムリンからスワスティカを動かさなければ……共産主義者が権力を握ることもなかったのに……」

トリスタンは金縛りに遭ったようになった。

「それは神聖なるスワスティカのことですか？」

「そう……伝説では……ロシアにあると言われていたが……わたしはまったく信じていなかった……。だが、ローゼンベルクは信じていた……。革命が起きて……ツァーリがそれを安全な場所に移そうとして、その存在が明らかになった」

畜生、ローゼンベルクの奴め。トリスタンは内心毒づいた。つまり、自分はあの満月野郎の口車に乗って、いいように操られていたというわけか。あいつは自分にスワスティカを探させようとしていたのだ。おかげで、二人の男の死に立ち会う羽目になった。

「そのスワスティカは、どこにあるのですか？」

「避難させてある……イギリスに」

それしきの情報では干し草の山から針を探し出すようなものだ。グルジエフがしゃくり上げるような息をして、口から血を流しながら、トリスタンの手を握り締めた。

「ロンドンで……ジェームス・ハドラーを捜してくれ」

トリスタンが瓦礫の山を越えて戻ってくると、ジュリエットがそわそわと麦藁帽子のつばをよじりながら待っていた。

「銃声が聞こえたけど」

「ああ、でももう終わった」

すぐに情報を整理して、次の手だてを考える必要があったが、まずはジュリエットの安全を確保することが先決だ。

「ジュリエット、きみは一人で地上まで出られるね?」

「ええ。でも、あなたを置いては行けないわ!」

「そうするしかないんだ」

トリスタンは瓦礫の山を指した。

「あの向こうで、二人の男が死んでいる。一人はコラボだ。そんな人間と関わりあいたくないだろう?」

ジュリエットは帽子をこねくり回すのをやめた。どうやら意を決したらしい。二人の進むべき道は違う。こうするよりほかにないのだ。トリスタンはジュリエットの頬を撫でた。

「きみにはどんなに助けられたか知れない。きみがいなかったら、俺はとうに死んでいたよ」

「助けたついでに、何かまだお役に立てることはないかしら?」

「ああ、一つ頼みがある。サントノレ通りにあるオラトワール・デュ・ルーヴル教会に行ってほしい」

ジュリエットは一瞬きょとんとした。

「無事を祈ってくれということ?」

「もっと俺のためになることだ。俺の名はマルカスという。きみはもう一度俺を助けることになる」

「でもどうやって?」

「牧師に会って、言ってほしい。イギリスへ送りたいメッセージがあると。拒否されたら、構わずこう続けてくれ。自分は〝落下傘兵〟について知っていると。向こうは驚いて、きみの言うことを聞いてくれるはずだ」

「そのメッセージというのは?」

「たった一文だ。マローリー司令官宛てに、《レリックはロンドンにある》と」

「それだけ?」

「それで十分なんだ。本当だ」

ジュリエットは帽子を被った。

「また会えるかしら？」

トリスタンは黙っていた。ジュリエットは悟ったように言った。

「残念だわ。この冒険が好きになりかけていたのに……あなたのことも」

俺もだ。トリスタンは思わずそう言いそうになった。

ジュリエットはそれ以上何も言わず、その場をあとにした。トリスタンはロウソクが照らし出すその姿を目で追った。ジュリエットは唐突に振り向いたが、そのまま暗闇に呑みこまれ、視界から消えた。

そして、トリスタンは一人きりになった。

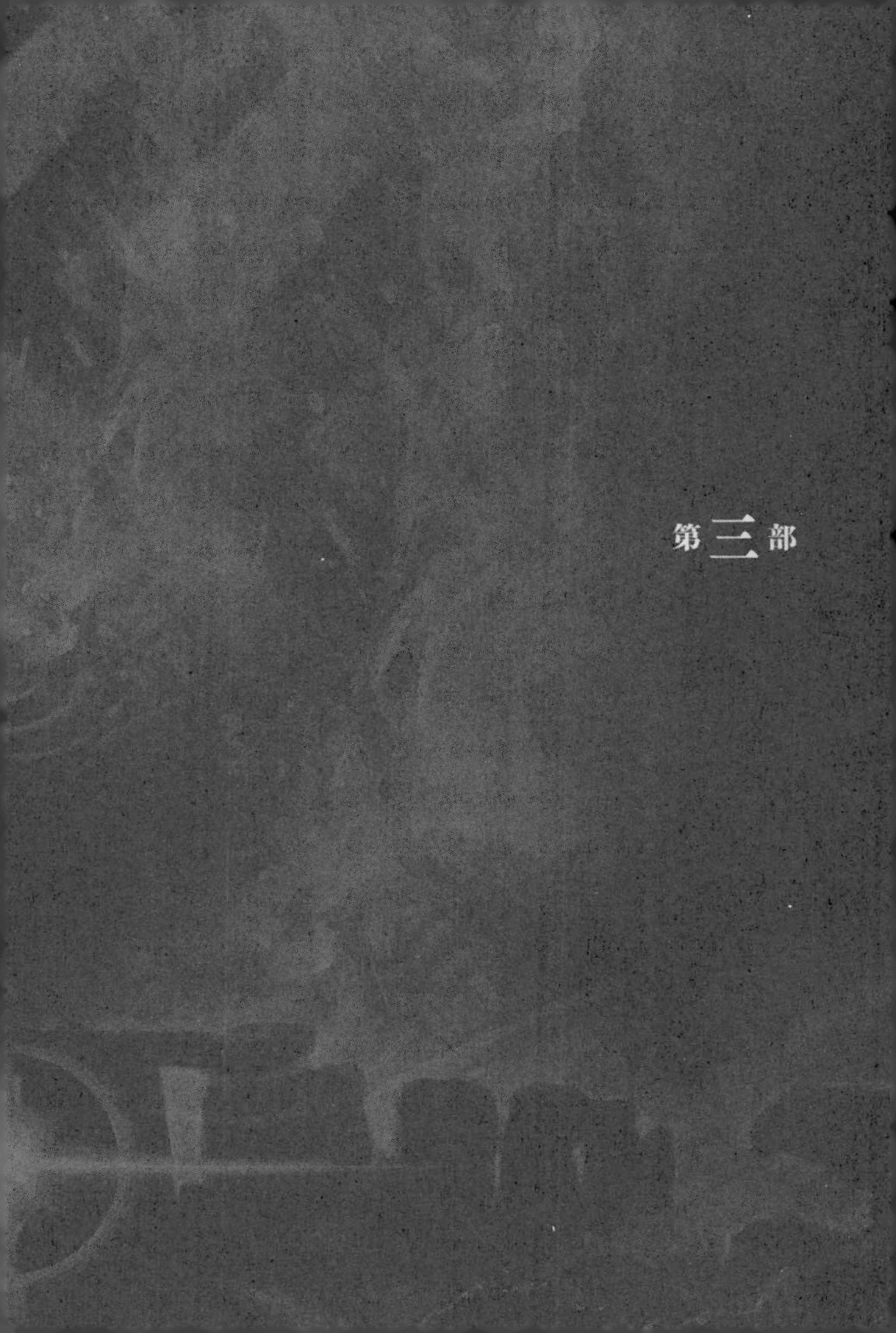

第三部

《今日、新たな信仰が目覚めた。血の神話（……）北欧の血が象徴するこの秘義（ミステリウム）(注1)は古き秘跡（サクラメント）を凌駕し、それに代わるものである》

――アルフレート・ローゼンベルク
『二十世紀の神話』より

《あんなものはクズだ。そしてクズはいつまで経ってもクズのままだ。インクのしみで紙を汚したところで、それをレンブラントの絵と思う者はいない。五十年経ってもそれは変わらない。ローゼンベルクは危険で愚かな男だ。一刻も早く排除すべきだ、それが望ましい》

――エルンスト・ハンフシュテングル（ナチス海外新聞局局長／一九三一―一九三七）
『ローゼンベルクの理論について』より

《時の墓場には自らを不滅と信じた民の霊が棲まう》

――『トゥーレ・ボレアリスの書』より

二四

ポーランド
ヴォルフスシャンツェ

ロシアとの国境へ向かう列車は、すべての灯火を消したまま森の中を突き進んでいた。ポーランドのこの人里離れた場所はイギリス空軍の射程圏外にあるのだが、ヒムラーの警護体制が見直され、警戒警備が徹底されることになったのだ。移動する際は、常に複数の経路と時刻が用意され、出発直前に一つに絞られる。イギリスとチェコ亡命政府による工作班がプラハ近郊でハイドリヒを襲撃するという事件があってから、親衛隊長官は分身の術を採用している。ゲシュタポに新たな部門を設置し、ドイツ各地でヒムラーの目撃情報を一斉に流したのである。他国の諜報機関を攪乱するため、訪問すると公表しておきながら土壇場で中止にすることもあった。ヒトラーを除けば、ドイツでもっとも厳重な警護を受けているのはヒムラーだった。

ヒムラーはトリスタンから送られてきた報告書を読み終えた。トリスタンが新たにスワスティカに関する手がかりを見つけた。しかも、ローゼンベルクの詮索をうまくかわしてくれたらしい。ならば、もはや至高のレリックを独占できる人間は自分一人ではないか。

独占し、利用できるのは。

ヒムラーは日よけを巻き上げ、窓外の景色を眺めた。すでに夜になっていたが、荒天の下、くっきりと木々の梢が見える。真実は森の中にある。自然の力を実感できる場所、それが森だ。その不思議な力に対する恐怖を乗り越え、打ち克った者が優れた人間となる。ゲルマン人が森の中に暮らし、ギリシャ人のように都市を建設することを拒んだ所以だ。文明化は、すなわち森からの生気や魔力の消滅を意味する。

ふと、あるアイディアが浮かび、ヒムラーは手帳を取り出した。思いついたことはすぐに書き留めることにしている。よし、親衛隊員の育成メニューに森の中における生存訓練を取り入れよう。武器も水も食糧も持たずに森の中で生活させるのだ。ヨーロッパを支配する次代のエリートは、どこまでも深く根を張る必要がある。あの枝葉を空へ向けて高々と伸ばす、豊かで逞しい木々のように成長させるために――。

「失礼します、長官殿」

将校がドアの向こうから呼びかけてくる。同時に、列車が減速を始めた。

「間もなくヴォルフスシャンツェに到着します」

第一安全区
ヒトラーのブンカー（掩蔽壕）

ポーランドの北東端に〈ヴォルフスシャンツェ〉――狼の巣――を建設することが決まったのは、一九四〇年秋のこと。ソ連侵攻を見据え、この地に作戦本部が設置されたのだ。広大な森の中に、ドイツ人技術者たちが建設したコンクリートの地下施設、駅、飛行場、さらには屋根を草で覆って目立たなくした丸太小屋まである。

多くのナチス高官らがヴォルフスシャンツェは野暮で陰気臭いと毛嫌いしていたが、ヒトラー自身は快適に感じているらしく、ベルリンの総統官邸や〈ベルクホーフ〉の山荘にいるとき以外は、ほとんどの時間をこの場所で過ごしていた。灰色の壁に囲まれ、昼間でも照明が必要なほど暗い部屋にいても、まったく意に介さないようである。それどころか、戦争が激化すればするほど節制した生活を好むようになり、それを周囲の者にも強いた。ヒトラーの住居は施設内でもっとも安全な地区の中心に位置し、幕僚の住居もその区画にある。ゲーリングなどは仮住まいの無味乾燥な空間に彩りを添えようと、床をペルシャ絨毯で覆い、壁を古い絵画で飾っていた。実のところ、空軍総司令官は自分専用のブンカーに負けず劣らずヒトラーの待つ会議室が嫌いだった。

「閣下」部屋に入るなり、ゲーリングは叫んだ。「このポーランドの辺境で蚊の飛び回るなか、閣下がどのように夏を過ごされているのか、それを思うとやり切れません。今すぐ閣下をベルリンへお連れしたい。帝国の首都の空気を吸って一週間でもお過ごしになれば、生まれ変わった心地がしましょうぞ！」

　ヒトラーは子どものようにふくれてゲーリングを見た。

「わかっていないようだね、ヘルマン。わたしは悪の陣営と苛烈な戦いを繰り広げている最中だぞ。ロシアにイギリスにアメリカ……」

「何をおっしゃいます。われわれはポーランドに圧勝し、フランスを制圧し、バルカン半島を一掃し、イギリスを圧倒したではありませんか。残るは、気が立っているヤンキーが支援する一握りの堕落したスラヴ人だけです！」

　ゲーリングは間違いないと言わんばかりにポンと胸を叩き、ドイツ軍でただ一人着用を許される純白の制服の勲章を揺らした。

「さよう、さよう、ヘルマン同志。われわれは確かに偉大なる勝利を収めた」

　皮肉めいた囁きが聞こえた。

「しかし、それはまだドイツ空軍（ルフトヴァッフェ）がその名に恥じぬ働きをして、頼りがいのあった頃の話……」

むっとしてゲーリングが声のしたほうを向くと、そこに〈小人〉ことゲッベルスが座っていた。

「これは、これは、親愛なるヨーゼフ同志、相変わらず口が達者なようで何よりだ！　ほう、今日は奥方同伴ではないのか。いったいいつになったらきみのすばらしいプロパガンダ映画の中でマグダ夫人の姿を拝めるのかね？　あの美貌といい、見事なブロンドといい、あそこまで完璧なアーリア人女性は夫人をおいてほかにいまい！　それなのに、きみときたら、二流のチェコ人女優ばかり主役に起用して……」

いきなりゲッベルスは椅子を蹴るように立ち上がった。ナチズムの台頭とともに高々と突き上げた拳と華々しい演説でベルリンを席巻してきたという自負がある。脂身しかない〈魔王〉なんぞから、そのような冒瀆を受けるいわれなどないのだ。

「マグダはわが妻であって、女優とは違うものでね。それより、きみのかわいらしい後添えのエミー夫人は元気かね？　先立たれたご夫人より少しでも長生きすることを願っているよ！　はて、不幸にも亡くなられた最初のご夫人は何という名だったかな？」

「聞き捨てならん！」ゲーリングが喚く。

二人のやり取りをヒトラーは静観していた。後継者と目される者たちが互いに潰し合いをしているうちは、自分に矛先が向かうことはない。やがて、ヒトラーは厳しい口調で二人を制した。

「いいかね、そんな内輪話を聞くために諸君をこの〈ヴォルフスシャンツェ〉に呼んだわけではない。わたしが聞きたいのは戦況だ。間もなくヒムラーも到着する」

「優秀なるハインリッヒのことですから」ゲーリングがせせら笑う。「今度も何か発表があるのかもしれませんぞ。トールの槌でも見つけたとか」

「あるいは聖杯か。いつぞやは、カタルーニャ地方の寂れた修道院で発見したつもりになっていたようだが」ゲッベルスも揶揄する。

ことヒムラーを物笑いの種にするとなると、〈魔王〉と〈小人〉はいつも結託した。

「もしくは、空中浮揚を学ぶべく、チベットに第二次遠征隊を派遣しようなどと言い出すかもしれん」ゲーリングが調子づく。

「それとも、アトランティスの最後の生き残りとテレパシーで交信するからカナリア諸島に行くとか」ゲッベルスも悪乗りする。

会議室のドアをノックする音がした。ヒトラーは警備兵に装甲ドアを開けるよう促した。

ヒムラーは部屋に入ると、踵を打ちつけて敬礼した。ゲーリングとゲッベルスのにやつく顔に迎えられ、即座にヒムラーは二人が自分の噂をしていたところだと察した。

「やあ、ハインリッヒ同志」ヒトラーが声をかけた。「まあ、かけたまえ」

「諸君、これより東部戦線の状況を説明する」

ヒトラーは眼鏡を手に、黒板に歩み寄り、両扉をいっぱいに開いた。中から黒い線で二つに分割されたソ連の地図が現れる。

「現在わが軍の前線部隊は、北はレニングラードから南はセヴァストポリまで、つまりフィンランド湾から黒海まで展開している」

ゲーリングは、四百万の兵が投入された数千キロに及ぶ戦線を見つめた。脆弱であることは一目瞭然だ。守備範囲があまりにも広大で、補給線が伸び切っている。戦略的に非常識で、物資の輸送は困難を極めているに違いない。

ヒトラーは左手に定規を握り締めると、地図の南東部を指し示した。

「六月末より新たにコーカサス方面に攻勢をかけ、わが軍の破竹の進撃が続いている。現在、ヴォルガ川の手前百キロの辺りまで迫り、トルコの玄関口まで到達するのは時間の問題であろう」

ゲッベルスは身じろぎもせず、地図を凝視していた。ドイツ軍の快進撃に魅かれたのではない。まだ征服を終えていないソ連の国土の果てしない広がりに身がすくんだのだ。ドイツ軍の大河が数多のせせらぎとなり、ついにはソ連の大地に呑みこまれていく……。消化吸収され、消滅してしまう……。そんな印象を覚えたのだ。

「この攻勢の目的は二つ」ヒトラーが続ける。「ソ連に泡を吹かせ、中央戦線、つまり敵の精鋭部隊が集中するモスクワ周辺の兵力を手薄にさせること。そして、コーカサスの油田に到達し、装甲車のための燃料を確保することだ」

「スターリンは寝間着にアイロンをかけ、歯ブラシを準備しておくといい。間もなく、ドイツの独房の魅力をたっぷりと味わうことになるでしょう！」間髪を容れずゲッベルスが叫んだ。

ただ一人、ヒムラーだけは沈黙を守っていた。〈魔王〉と〈小人〉はここぞとばかりに媚びへつらっているようだが、自身は同調しようとしない。

「ハインリッヒ同志、きみの意見はどうかね？」ヒトラーが尋ねた。

「昨年よりわれわれは、西は大西洋から東はウラル山脈まで、北はスカンディナヴィア半島から南はアフリカ大陸まで、戦いを繰り広げてまいりました。そして今、イギリスに加え、アメリカとソ連の二大大国と戦っているところであります。これらの国の持つ兵力、天然資源、工業生産力は無限に近いと言えましょう」

ゲッベルスは鼻で笑おうとした。

「それはまたずいぶんと悲観的だね。われわれはかつてないほどの勝利を収めている。キエフからトリポリまで、いたるところでわが帝国の旗がはためいているではないか……」

「そうだとも」ゲーリングも続ける。「ハインリッヒ同志、きみは万事、否定的に捉えすぎる」

ヒムラーはヒトラーのほうを見た。その表情からは何もうかがい知ることができない。

ここ数か月、ヒトラーはわずかな異論を口にするだけでも烈火のごとく怒るようになっている。その一方で、ヒムラーには全幅の信頼を置いていた。

「わたくしが申し上げたいのは、ドイツ軍の士気が揺るぎないものであっても、全国民が全力を振り絞って戦争遂行努力を続けても、兵站が追いつかないということです。もはやイギリス機やアメリカ機を超えるような航空機を作り出すことはできず、潜水艦の喪失も留まるところを知りません。それは、ひとえにわが国の技術が遅れをとっているからであり、間もなく戦車も同じ末路をたどるでしょう。わが国は張りぼての虎も同然。新たな獲物に飛びかかろうとすれば、バラバラに壊れてしまうでしょう」

ヒムラーは分厚いファイルをテーブルの上にドサリと置いた。

「閣下、こちらにあらゆる調査と統計の結果がまとめてあります。一切手を加えない、嘘偽りのないものです。どれをとっても、同じ結論に帰着します。わが国の勝利は石に花咲くようなもの。奇跡が起きない限り、ドイツ帝国はもってもあと三年でしょう。それも何百万もの命と引き換えに」

「では、その悲惨な運命から脱するための手が何かあるというのかね？」ゲッベルスが大声を上げた。

「まさしく、その奇跡を起こすのです」

ブンカーの会議室には、換気システムの耳障りな音だけが響いていた。

「冗談にもほどがある」ゲッベルスが口火を切った。「ハインリッヒ同志、きみは本気でその古のスワスティカとかいうレリックをもってドイツを救うつもりかね？　わけのわからん昔の本にそう書いてあるからといって……」

ヒトラーは黙ったまま、テーブルの下で左手の震えを抑えていた。

「しかも、それを敵国の中心、ロンドンへ探しに行くとは……」ゲーリングも続く。

「一九三九年、われわれはチベットで最初のスワスティカを入手しました。一九四一年には、二つ目が南フランスで見つかっています。この二つは、ヴェヴェルスブルグ城に保管されています。しかし、ヴェネツィアでは三つ目が発見できず……以来、奇妙なことに戦況は一進一退を繰り返し、はかばかしくありません」

「いい加減にしたまえ」ゲーリングが声を荒らげた。「とても正気の沙汰とは思えんな！」

一方、ゲッベルスはヒムラーへの攻撃をやめ、考えこんだ。これまで親衛隊長官のオカルトへの傾倒ぶりを小馬鹿にし続けてきた。しかし、ヒムラーが強い意志と確信をもってわずかな期間のうちに自身の強大な帝国を築き上げたことは、紛れもない事実だ。そのうえでさらに、この男が人智を超えた何かを手に入れるようなことになれば……。

「ハインリッヒ同志、これまできみは独断でそのレリックを探し続けてきた。まあ、それもしかたあるまい。誰もきみの話を信じる者などいないだろうからな。だが、なぜ今になって、われわれに言明する気になったのか？」

「みなさんの協力が必要だからです。親衛隊では工作員をイギリスに潜入させることも、工作員がなりすます現地人を用意することも、地下組織を使って工作員を支援することもできません。それができる機関はただ一つ、アプヴェーアだけです」

その名を聞いて一同の顔が強ばった。国防軍情報部のアプヴェーアのことは、ヒムラーだけでなくゲッベルスやゲーリングもひどく警戒している。ナチスの間諜でさえ入りこむことのできない組織、それがアプヴェーアだ。今回の重要な任務をアプヴェーアに委ねるとなれば、予期せぬ結果となる恐れもある。

一同の視線がヒトラーに向けられた。決断を下せるのはフューラーをおいてほかにいない。ヒトラーは地図を凝視したまま逡巡しているようだったが、やがて開口一番に言い放った。

「われわれはスワスティカの名のもとにドイツを征服した。今度はその力をもって世界を征服しようではないか」

ヒトラーは右手人差し指をヒムラーに向けた。

「ヒムラー親衛隊長官、イギリスにあるスワスティカの回収を命じる。いかなる手段を用いても捜し出すのだ」

二五

ロンドン某所

ロールは目を開けた。周囲は真っ暗で、物音一つしない。何度瞬きをしても、闇が広がっているだけだ。

右頰の感触で、すべすべしてひんやりしたところに横たわっている感じがする。しかし、あくまでもそれしか感覚がない。体のほかの部分は存在しないも同然で、自分の主体は右頰と見えない両目とぼんやりとした意識だけに限定されているかのようだ。この空虚の中で自分をどう認識すればいいのだろう?

少しずつ頭が働きはじめる。

電話ボックスがある……映像が繰り出され、ミミズが身をくねらせるようにゆっくりとよじれながら流れる。

マローリーから電話があって……車が迎えに来てくれることになり……クロウリーが店から出てくるのが見えて、向こうに合図を送った……。

それから、いきなり……ブロンドの青年が目の前に現れた。エメラルドのような瞳でわたしを真っ直ぐ見つめ、晴れやかな笑みを浮かべていた。それで、わたしは尋ねた。ここには頼まれて？　と。そうしたら、向こうはそうだと頷いた。そして、その青年が取り出した注射器……。その直後、左腕に鋭い痛みが走った。

つまり、そいつに拉致されたということ……？

しまった！　わたしはミスを犯したんだ、新米でもないのに。

後頭部で混乱が生じる。しかし、体のほうは虚脱状態というか、何も感じない。あの訓練のときと同じだ。模擬尋問でさんざん殴られてから手足を拘束されるというあの最悪だった訓練……。

ロールは教官の教えを思い出し、呼吸に意識を集中させた。そんなことくらいで脱出できるわけではないけれど、多少なりとも恐怖を和らげることはできる。おそらく麻酔薬を注射されたのだろうが、とにかく一刻も早く自分の体の感覚を取り戻したい。

ゆっくりとにじり寄るように、すえた臭いが鼻孔に侵入してきた。籠もったような、濡れた犬のような、古いバターのような臭いだ。その何とも言えない悪臭は、呼吸をするたびにより強烈に、グロテスクににおった。どこかで嗅いだことがある。しかし、それがどこであったかがわからない。

ロールはこの状況でプラスに考えられるポイントを挙げようとした。敵に囚われたときのためにＳＯＥで教わった第四のテクニックである。

まず、何よりも、犯人が自分を生かしておいた点だ。次に、迎えに来たエージェントが自分がいないことを司令官に必ず報告するであろうこと。そうすれば、司令官は緊急事態を察知して手を打つはずだ。

不意に思いがけない感情が湧き上がった。

怒りだ。犯人のせいでパーティに行きそびれてしまった。こんなときに滑稽かもしれないけれど、それは紛れもなく怒りの感情だった。

カチリという金属音が響いて、ロールは現実に引き戻された。床から振動が伝わる。足音だ。続いてぼんやりとした光輪が現れた。だが、光源は遠くにあるのか、すぐそこにあるのかもわからない……。目が回る。

突然、顔の下に何か硬いものが差しこまれ、頭を持ち上げられた。古いなめし革と小便の交じった臭いが鼻につく。

「やあ、意識を取り戻してくれて嬉しいよ。本当さ。怖いかい？」

若い男の優しげな声がした。まるで女に愛を囁くような甘い声だ。

「俺だったら、怖いよ。自分がどこにいるのかもわからないし、暗がりに寝かされて、知らない男の意のままになるなんて」

ロールは話そうとしたが、声にならなかった。唇をかろうじて動かすことはできても、マッチの燃えさしのように役には立たない。

「しゃべれないようだね」闇の中の男が言う。「きみに注射した薬物は、本来四肢を麻痺させるものなんだが、人によっては声帯まで麻痺してしまうことがある。きっと投与する分量を間違えたんだな。すまなかった」

男が足を引っこめると、ロールの頭は床に叩きつけられた。そのそばに男がしゃがみこむ。ロールの鼻は安物の香水の匂いを嗅ぎとった。男は二本の指でロールの唇の端に触れ、顎へ、そして喉もとへと指を滑らせていった。ロールはされるがままになっている。

「今、思い切りきみをつねっているんだけどさ、きっと何も感じていないんだろうね。きみの目に編み棒を突き刺して、そいつが脳みそを突き抜けても、ちょっとくすぐったいと思う程度かな。俺の国では利用者のあいだで、この薬物を〈ヘビの愛撫〉と呼んでいるんだよ」

男はロールの顎を摑んで頭を持ち上げた。そして、そのまま手を離した。それを何度も繰り返す。

一回、二回、三回……。

そのたびにロールの右頰が床石に打ちつけられる。しかし、ロールは痛みをまったく感じていない。男は地面の上でボールをつくようにロールの顔で遊んでいる。

「おもしろいよなあ。顔の右半分を元に戻らないくらい変形させたところで、きみは痛くも痒くもないんだから」

ロールの頭をもう一度床に叩きつけてから、男は立ち上がった。

「きみが話せるようになるには、薬の効果が消えるまで待たないといけない。時間がかかって、まいっちゃうよ」

足音が遠ざかっていく。ぼんやりとした光を背に、移動する黒いシルエット。

「そうだ。こんなに暗かったら何も見えないね？　俺としたことがうっかりしていたよ」

ジーという音がはるか頭上から聞こえたかと思うと、目の眩むような真っ白い光が降り注いだ。容赦ない白色光の刺激を避けようと、ロールはとっさに目をつむった。

「さあ、囚人仲間とご対面だ。一つ断っておくけど、彼は饒舌なタイプではない」

少し間を置いてから、ロールは目を開けた。何度か瞬きを繰り返し、強烈な光に徐々に目を慣らす。

こちらを凝視している男性がいた。その目は大きく見開かれている。男性はロールと同じく床に横たわり、顔がロールのすぐ目の前にあった。わずか数センチ。今にもキスしてきそうな距離だ。その唇は紫色で、顔全体が白く浮腫(むく)んでいる。額には奇妙な傷がある。鉤十字だ。

その瞬間、臭いの記憶が蘇った。そうだ、これは遺体安置所の臭いだ。

ロールは吐き気を催した。

再び男の声が響いた。距離があって顔まではよく見えない。

「俺の名前はコンラッド。もうしばらくしたら、妻のスーザンを連れて戻ってくるから。なに、すぐに仲よくなれるさ」

（下巻へ続く）

巻末脚注

PROLOGUE

（1）**イズバ**

ロシアの伝統的な丸太小屋。

（2）**チェキスト**

十月革命直後の一九一七年十二月二十日、ウラジーミル・レーニンは人民委員会議直属機関として秘密警察組織〈反革命・サボタージュ取締全ロシア非常委員会〉を設立。同組織はヴェーチェーカー、もしくはチェーカーと通称された。チェキストとはその構成員を指す。

（3）**トリア**

アナトリーの愛称。

（4）**ボリシェヴィキ**
ロシア社会民主労働党から脱退したウラジーミル・レーニンを中心とする左派の一派。のちのソビエト連邦共産党の基礎となった。

（5）**コーリャ**
ニコライの愛称。

（6）**一九〇五年一月九日**
ロシア第一革命の発端となった〈血の日曜日事件〉を指す。一九〇五年一月九日（ユリウス暦）、首都サンクトペテルブルクで実行に移された労働者による請願行進に対し、軍隊が発砲。非武装の参加者のうち千人以上が死傷した。

第一部

（1）**トルク**
青銅時代に、ケルト人やゲルマン人、ペルシア人らによって広く用いられた装身具の一種。円形やC字形の首環（くびわ）が多く見られ、神の力や社会的地位を象徴すると考えられている。

（2）**フィブラ**
古代ギリシャ、古代ローマなどで衣服を留めるために使われたブローチ。

（3）**コンヴェント**
キリスト教の修道者が共同生活を営む居所を指す。近代以降は修道女の居所としての修道会や修道院を表す言葉として用いられることが多い。魔女の集会を意味する「カヴン」はこの言葉から来ているという説がある。

（4）**救世軍**
キリスト教プロテスタントの一派。一八六五年、イギリスのウィリアム・ブースによって創始された慈善団体で、軍隊式の組織編制が特徴。世界百三十一の国と地域で伝道・社会事業をおこなっており、日本でも一八九五年に設立されている。

（5）**ホーホー卿**
アイルランド系アメリカ人のファシスト、ウィリアム・ジョイスの通称。イギリスファシスト国家社会主義者連合の元メンバーで、第二次世界大戦直前の一九三九年にドイツへ逃亡した。その後、同国に帰化した彼は、ヨーゼフ・ゲッペルス宣伝相のもとでイギリスへ向けた英語による宣伝放送に従事した。ドイツ敗戦後、デンマークとの国境付近で身柄を確保されたジョイスは大反逆罪で処刑されている。

（6）**GC&CS**
第一次世界大戦直後の一九一九年、イギリス、ブレッチリー・パークに設立された〈政府暗号学校（Government Code and Cipher School）〉の略称。今日まで続く政府通信本部（Government Communications Headquarters。略称GCHQ）の前身。第二次世界大戦中はドイツ軍の暗号〈エニグマ〉の解読に成功したことで知られる。

第二部

（1）**ヴァイマル共和政**
第一次世界大戦に敗れ、帝政が崩壊したドイツ国で、一九一九年に成立した共和政体。ヒトラー率いるナチスの躍進により、一九三三年に事実上の終焉を迎えた。

（2）**カバリスト**
ユダヤ教の伝統的な思想――創造論、終末論、メシア論――に基づく神秘主義思想〈カバラ〉を信奉し、実践する人々。

（3）**ババロン**

アレイスター・クロウリーが『法の書』を経て創始した神秘主義思想・哲学体系〈セレマ〉における女神。

（4）**モロク神**

古代の中東で崇拝された神で、モレク神とも呼ばれる。古代パレスチナのモロク神信仰の祭儀では子どもが生贄として捧げられたとされ、反ユダヤ主義においては迫害の大義名分となった。

（5）**モーセの石板**

エジプトを出発したモーセがシナイ山に登ったときに、神より授かったとされる石板。「旧約聖書」の『出エジプト記』二十章三節から十七節、『申命記』五章七節から二十一節にその記述があり、神の意志を示す十戒が記されていたとされている。

（6）〈九詩神〉を立ち上げた天文学者

十八世紀後半に活躍したフランス人天文学者、ジョゼフ＝ジェローム・ルフランセ・ド・ラランド（一七三二－一八〇七）を指す。

（7）ダントン

フランス革命で活躍した政治家、ジョルジュ・ジャック・ダントン（一七五九－一七九四）。「モンタニャールの三位一体」の一角をなし、ジャコバン派内における党派の一つ、寛容派（ダントン派）の指導者。恐怖政治廃止や反革命容疑者釈放を訴えたが、ロベスピエールの右腕であるサン＝ジュストの告発により逮捕、粛清された。

（8）ロベスピエール

マクシミリアン・ロベスピエール（一七五八－一七九四）はフランス革命期に活躍した政治家。左翼のジャコバン派、山岳派の指導者として、革命を先導した。恐怖政治を敷いた独裁者のイメージが強いが、現代民主主義の先駆者ともされている。いずれにしても、その容赦ない弾圧に反発が強まり、一七九四年七月二十七日に勃発したクーデター〈テルミドール反動〉によって逮捕され、その翌日にギロチンによって処刑された。

（9）**マラー**

ジャン＝ポール・マラー（一七四三－一七九三）。フランス革命のジャコバン派指導者で、ロベスピエールの盟友。病気療養中にジロンド派支持者に暗殺され、死したその姿はフランス新古典主義の画家ジャック＝ルイ・ダヴィッドの名作『マラーの死』のモチーフとなった。

第三部

（1）**ミステリウム**

キリスト教用語で〝人間には計り知れない神秘や深秘〟を表す。

亡国の鉤十字（ハーケンクロイツ）　上

LE CYCLE DU SOLEIL NOIR Volume 3
LA RELIQUE DU CHAOS

2021 年 8 月 12 日　初版第一刷発行

著者…… エリック・ジャコメッティ ＆ ジャック・ラヴェンヌ
監訳…… 大林 薫
翻訳…… 郷奈緒子
翻訳コーディネート …… 高野 優
カバーイラスト …… 久保周史
デザイン …… 坂野公一（welle design）
本文組版 …… 株式会社エストール

発行人 …… 後藤明信
発行所 …… 株式会社竹書房
〒 102-0075　東京都千代田区三番町 8 - 1
三番町東急ビル 6 F
email：info@takeshobo.co.jp
http://www.takeshobo.co.jp
印刷所 …… 中央精版印刷株式会社